周淑屏 著

邊吃邊寫

由味覺到創意寫作

邊吃邊寫——由味覺到創意寫作
作者／周淑屏
策劃編輯／周淑屏
美術設計／鄺穎殷
出版發行／突破出版社
香港沙田亞公角山路33號突破青年村
電話：2632 0000　傳真：2632 0388
電郵：breakthrough@breakthrough.org.hk
網址：http://www.breakthrough.org.hk
http://www.btproduct.com
承印／陽光（彩美）印刷有限公司
2014年11月初版1刷
2024年10月初版6刷

Eat and Write
by Chow Suk-ping
First Printing, First Edition, November 2014
Sixth Printing, First Edition, October 2024

Printed in Hong Kong
ISBN 978-988-8246-36-6

成長文學

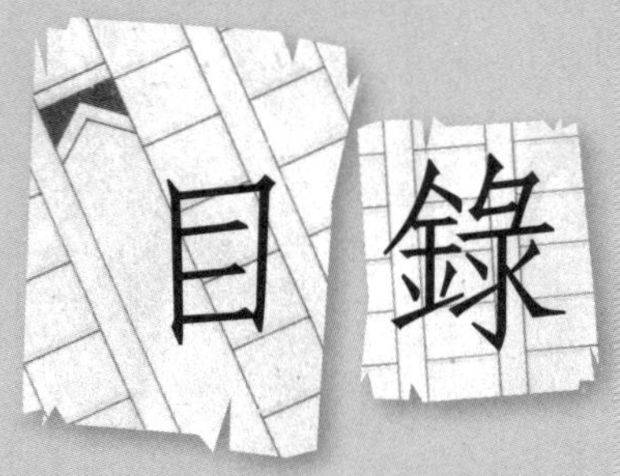
目錄

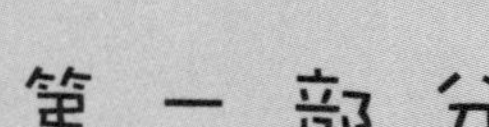
第一部分

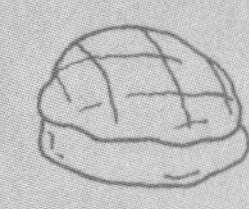

茶餐廳

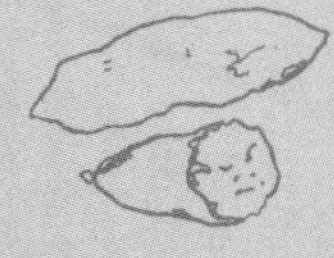

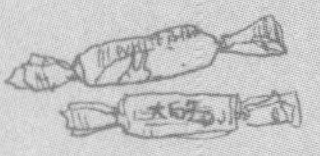

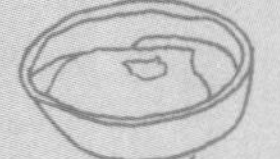

第二部分

街頭小吃

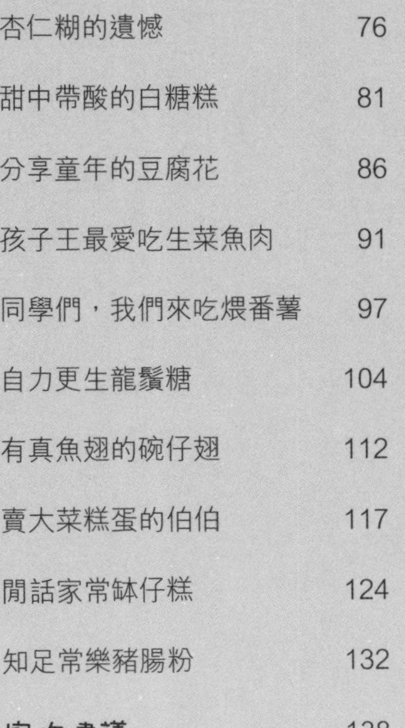

第三部分

糖果

第一部分

茶餐廳

（編按：作者寫這些故事時尚未有食肆全面禁煙條例，所以文中仍有有關食客在食肆中吸煙的敘述。）

呷呷茶，加加油

觀塘雲漢街投注站對面，有家小茶餐廳。

說它是茶餐廳也許並不全對，因為它不是有四堵牆的「室內」，而是只有兩面牆，兩邊也可內進的「半開放式」。

說它是茶檔也不大合適，因為它明明在一個固定舖位內，有混凝土上蓋，而不是藍白或紅藍帆布蓋頂。

店子很小，兩旁放滿摺檯。因為就在投注站對面，所以每逢賽馬日，就坐滿攤開報紙埋首苦讀的馬迷。

我頭一遭光顧它，不是一個賽馬日。

貪它是開放式，不會像一般茶餐廳，一旦有顧客抽煙就會被困住嗆死。

貪它是開放式，吃罷放下錢起身就走，連到門口櫃位結賬也省回。

頭一遭，叫了「淨雲吞」，是上海雲吞，味道不錯。

看見柱上的黃紙還寫上有馬拉糕、叉燒包等點心，於是也點了馬拉糕。

老闆說：「熱的馬拉糕已賣完了。」

這令每餐主食後必吃甜點的我好生失望。

但老闆娘爽朗的聲音響起：「弄給你吧！但要等三分鐘！」

等候的當兒，我留意了這小檔口裏的各人。

小檔口的陳設再簡單不過 —— 摺檯、摺凳，晚上全收起放進店裏，便可關門。

每張摺檯上也放了一卷衛生紙，這可看出店主確是細心和為顧客設想。

小檔口總共四個人工作，關係也簡單，是兩對夫婦 —— 爸爸媽媽和他們的女兒、女婿。

女婿的年紀看上去不比岳父年輕多少。

我猜想：是老夥計與「太子女」日久生情？

還是女婿女兒開檔，兩老來幫忙？

還是岳父一定要物色能繼承衣缽的女婿，才讓女兒嫁給他？

這都是我在這三分鐘內的猜想。這四個人裏面，夫婦、父女、母女、翁婿間的感情很好，這卻是有眼見、不用猜的。

馬拉糕端來了，熱氣騰騰，咬下一口，也像感受到小檔口裏的點點暖意。

◆ ◆ ◆

第三次光顧的時候，慣於因循的我本來還想叫「淨雲吞」，但瞥見柱上黃紙又有新菜式——特式豬扒包，於是又想嘗新。

「茶走、豬扒包，唔該！」

老闆娘聽到，思考半晌，才答：「好的。」

是否我在午飯時分要吃下午茶食品，為人家帶來一點麻煩呢？

兩分鐘之後，看見老闆娘的母親從外面買了圓麪包回來，那又是特別徇我的要求做的。

豬扒包來了，又熱又香。平凡不過的材料——圓麪包、煎豬扒，豬扒上面許多煎得很香的洋葱。

從不吃洋葱的我，這一趟，竟吃完了裏面全部的洋葱。

由衷地讚美一句：「從沒吃過這麼好吃的豬扒包、這麼香的洋葱。」

老闆和老闆娘聽後開懷地笑了。

用心地做豬扒包的老闆和我分享：「洋葱要煎得香，不可讓它出水。只要用心做好材料，其實不需要加沙律醬、茄汁等去調味！」

我也聽得來了勁。我不懂得烹飪，但懂得欣賞用心與熱誠。

◆ ◆ ◆

自此，我成了小茶檔的熟客，每次都叫茶走、豬扒包，胃口好的時候，加叫一碗「淨雲吞」。

但它曾叫我好生失望，原來它在沒賽馬的星期天，是不開門做生意的，這令我白走了幾趟。

但轉念一想，店主一家定是共聚天倫 —— 家庭樂去了，所以也只好忍受附近茶餐廳的一般口味。

茶檔的主要顧客還是馬迷，但有些馬迷不是好顧客。茶檔只有五張摺檯，有些馬迷只叫了一杯飲品，就攤開馬經佔了半張檯，還一坐就一、兩小時。有些更什麼也沒叫，就呼朋喚友坐滿一整桌。

真正要吃東西的客人來了沒位置，老闆娘只客客氣氣地説：「請你們靠攏點坐好嗎？坐擠迫一點吧！太勞煩你們了。」

換了是我，不把他們攆走才怪。

老闆和老闆娘對客人的客氣和善，不只為了做生意。泊在茶檔旁有許多營業車 —— 的士、小貨車。老闆娘常為司機留意有沒有警察要「抄牌」—— 發出違例泊車的告票，遠遠見到警察走近，她就扯大嗓門，把他們叫回來。

的士司機、小貨車的送貨員，有時忙得沒時間吃飯，許多時叫了飯就跑開，老闆娘三番四次的為他們把飯菜再熱一下；見他們趕急，又為他們在熱茶裏加冰，確保不會太燙。

還聽見過這樣的對話：

一位司機大哥：「鴛鴦走甜。」

「又是鴛鴦走甜？今早不是喝了麼？一天喝兩杯鴛鴦很傷胃的，不如要熱檸水吧！」老闆娘關切地。

「我今早喝過了嗎？連我自己也忘了呢，老婆吩咐一天只許喝一杯的！」疲累的司機大哥說。

老闆細心地為他調了杯熱檸水加鹹柑橘，一樣的價錢，端給他時，說：「鹹柑橘，降火呀！」

其實單是這片細心，已叫司機大哥降火了。

來這家小茶檔喝茶，常覺得呷下的不只是茶，還有一口人情味。每當在工作上、人事上受到冷血對待，也愛在這裏呷呷茶，加加油。

◆　◆　◆

因為上班的路途遙遠，我決定搬離觀塘了，最捨不得的，是這家小茶餐廳。

搬遷前最後一次光顧，是佛誕假期前夕。下午時分，茶檔沒幾個客人，老闆娘父女、母女、小兩口跟街坊在聊天，聊得起勁。

「鄉間那間屋，有一、二千呎吧？」街坊問。

老闆的丈人答：「千多呎左右啦！」

「有花園嗎？」

「有啊！岳父喜歡種花。」老闆說。

「有住客會所嗎？」

「有啊，媽最愛帶孫兒去游泳。」老闆娘答。

「對啊，平日在香港，早上六時開檔，晚上八時收工，沒什麼休息，一年只得兩、三天假期，就當回鄉一家人休息、遊玩一下啦！」老闆的丈母說。

「對啊！平常一家七口擠在三百呎的小房子裏，放假了，就回鄉舒展筋骨去。」老闆娘說。

「在香港整天營營役役，圖的就只是空閒時敍敍天倫，一家人開開心心。這些日子以來百業凋零，生意當然受影響；但賺來的這點點錢，在國內還是消費得來的，就帶孫兒回去花費一下，滿足滿足他們嘍！」老闆的丈人感歎說。

一家人，似乎都在企盼着佛誕假期的來臨。

見他們談得起勁，沒趕得及打岔和他們道別。在香港，人都是各自營役謀生，有時連一句感激、帶點感情的話也忙得沒法講。

然而，那顆忙碌的心裏面，還是容得下那點滴洋溢着人情味的暖意回憶的。

物換星移情猶在

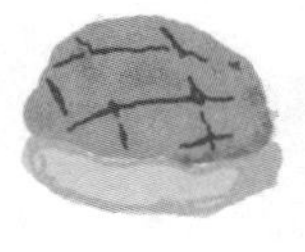

我不能忘記，童年時代，家的附近，有一家「瑞芳茶餐廳」。

現在回想起來，這名字沒有一般茶餐廳的庸俗，倒帶幾分清麗、典雅。

那時我們住的黑布街，兩端是山東街和豉油街；從我們家下樓往右，沿着諸聖中學走，橫度了豉油街的馬路，就到達「瑞芳」。

茶餐廳最基本的當然會有奶茶、咖啡、阿華田、麪包、西餅、通心粉等等，至今也沒有多大改變。當時我們家貧，只負擔得起外賣的麪包；至於堂坐喝杯什麼嘛，於當時來説是太奢侈的享受。在茶餐廳喝杯阿華田，價錢就等於在家自己沖的十倍，這對於當時的我們，是匪夷所思的事。

但也有偶爾光顧的時候，那是偶有親戚到訪，在家裏坐實在擠迫，媽媽就會大破慳囊請客人到「瑞芳」坐坐，小孩也拉着大人的衣角跟去；為免表現得太寒傖，通常也不會把小孩子趕回去。

既然是偶一為之的大破慳囊，當然也就不會跟餐廳老闆客氣，通常喝一杯茶就坐上個把兩個小時，把十多二十年的舊情一次敍盡。

各位長輩全情投入之際，也是小孩們蹓到街上盡情逛玩之時，那時上茶餐廳，委實是一樁賞心樂事。

除了會客，也還有帶孩子上茶餐廳的機會，那是獲發花紅或加了人工的時候，不但會帶小孩上茶餐廳，更會稀罕地讓孩子叫一杯菠蘿冰或紅豆冰，那對孩子來説，已是可以樂上幾天的頭等大事了。

這些大事在當時而言多麼的稀罕，可見當時大人的工作生涯是多麼坎坷。

◆ ◆ ◆

每天早上，姑母也會到「瑞芳茶餐廳」替我們買早餐，買回來的是菠蘿包、雞尾包、餐包之類，款式不算多，卻都是新鮮出爐、香軟好味的。

那時的營養早餐，除了「瑞芳」的麪包之外，還有姑母親手沖調的阿華田、美祿或者好立克，和後來新推出的朱古力好立克。當時可選擇的飲品不多，就是輪流喝這幾款；喝完了一大罐這種口味，喝厭了嗎？就換上另一種的一大罐。

當時沒多少錢買零食，下課後若嘴饞起來，就會打開罐蓋，一大匙一大匙的把美祿啊、阿華田啊等往嘴裏送。那時，小孩之間常研究美祿和阿華田哪種比較「好吃」；「好立克就不能這樣吃了！」某個胖小孩總喜歡一本正經地研究。

後來媽媽發覺飲品消耗得太快，曾經改買售價較便宜的國產「樂口福」，但因為這樣「打空口」吃下去時感覺怪怪的，在我們羣情洶湧下，她又改買回從前的。

說來也奇怪，姑母親自沖調的阿華田、美祿或者好立克，只要加進了壽星公或鷹嘜煉奶，沖調出來的比誰沖的都要好喝，比姐姐沖的好喝，比媽媽沖的好喝，甚至比「瑞芳茶餐廳」的都要好喝。

姑母總會帶點驕傲地說：「那時剛由大陸來香港，我可是在高級餐廳『太平館』工作過的，那兒無論大廚、水吧的手勢，我也懂得一點！」

長大後，當我看見姑母還是用壽星公煉奶的鐵罐子舀米的時候，就會想起當時的美味飲品和她說那句話時的嬌憨表情。

◆ ◆ ◆

那時「瑞芳」除了有菠蘿包、雞尾包、餐包、火腿蛋包、午餐肉包之外，忽然有一天，出現了新品種。

那是跟菠蘿包無論在外表、構造上也差不多的麵包，只是菠蘿包上面金黃帶啡、斑斑駁駁、鬆脆鬆脆的外皮，變成純粹的黃、粘粘軟軟的；味道也由菠蘿包的只是甜，變成有多種層次的微鹹、微膩、略酸……。

不錯，那是我至今的最愛——墨西哥包。這種麵包在今天當然是平常不過，但於當時我和姐姐、鄰居幾個孩子而言，就是關乎口福的頭等大發現！

「瑞芳」後來還參照這個由菠蘿包變種墨西哥包的方法，創製了朱古力脆皮蓋面的朱古力包，但因為口味並不特別，好像不大暢銷，後來停產了。

說起麵包，我和姐姐有一段關於菠蘿包的感人故事。

每天姑母為我們在「瑞芳」買來麵包做早餐，我一看見熱烘烘的麵包，就忍不住盡快吃掉，相反姐姐卻喜歡把麵包帶回學校去吃。

某一次，因為我在操場玩得太投入，還未上課，竟已把早上吃的菠蘿包消耗掉了。這時，看見站在一旁剛拿出菠蘿包來吃的大姐（她和我念同一間小學），就馬上跑過去，淌着口水的看着她，她看到我的可憐狀，爽快地分我半個麵包，然後自己小口小口地吃餘下的半個。

我狼吞虎嚥地啃掉那半個麵包之後，看見大姐手中那半個只是被咬了一小口，便又虎視眈眈起來。姐按捺不住，又分給我餘下的一半；就這樣，因為我貪得無厭，就不斷的二分一、四分一、八分一的分下去，她最後只吃到一小口麵包，捱了一個早上的餓。

懂性以後的我，日後在生活小節上和大姐有爭執的時候，只要想起那次早上分麵包的情景，就不會再跟她計較了。

◆　◆　◆

菠蘿包故事之外，還有沙翁故事。

大家知道什麼是沙翁嗎？

是一小團炸至金黃的麪粉，外面沾上許多粗砂糖，吃下去很甜很甜的食品。

「瑞芳」不知打從哪時開始，有這種食品出售。

媽媽由早到晚的在酒樓工作，下午會有兩個小時所謂「落場」時間，她常會買些麪包、糕點之類，供下課後飢腸轆轆的一眾子女當下午茶。我因為小學讀上午校，最早下課就可以最先嘗，然後兄姊下課後才陸續回來吃。

有一天，媽媽買來了五個鮮豔金黃的沙翁，對我說：「五個沙翁，一人一個。」

媽媽話未說完，我已不動聲色地吞下一個，媽媽轉過頭來時，正看到我瞪大眼睛的一個饞相，就微笑着說：「想吃就多吃一個吧！但這樣他們就不夠分了。你別告訴兄姊我買過沙翁回來，還要將其餘的藏起，否則他們看見就要罵你了。」

我在找地方藏起餘下三個沙翁的時侯，受不住它香氣的誘惑，邊藏邊吃，結果一個都不剩！

到吃晚飯的時候．我因為吃得太多，捂着肚子直叫肚痛。

二哥問：「你吃了什麼弄得肚痛？」

我不敢哼聲，媽媽拿來藥油替我揉肚子，輕聲問我：「五個全吃了嗎？」

我只得懊悔地點頭。

其後，愛我的母親雖然逝去了，但在人生旅途上遇上打擊想放棄自己的時候，每每想起這件事來，想起自己曾經受到這樣的溺愛，就會幡然醒悟，加倍珍惜生命。

◆ ◆ ◆

童年的「瑞芳茶餐廳」，除了連結起大人的敍舊、出花紅之外，還跟大人的祕密連上關係。

一位阿姨因為與丈夫感情不睦，拋下丈夫和女兒，逃了出來，常常相約媽媽在「瑞芳」吐苦水，也會瞞着丈夫跟女兒在這裏見面。而他的丈夫，又會約媽媽在這裏打聽阿姨的行蹤和近況。

左右做人難的母親，吩咐每次都跟來的我説：「只管吃，不要亂説話！」

至此，茶餐廳跟祕密和不可告人聯上關係，這是童年的我所不能明白的。

童年的我，不能明白的事還真多。

後來在「瑞芳」過一條街，靠近彌敦道那邊，開了一家「榮高茶餐廳」，舖子大、裝修又豪華，許多「瑞芳」的老主顧也跑了去光顧；姑母也因為「榮高」賣的麪包比較大，轉了去那裏買麪包。

童年的我不明白，明明是「瑞芳」的麪包新鮮些、好吃些；明明是「瑞芳」的伯伯比「榮高」那些叼着煙的夥計和藹許多，為什麼大人就不會鋤強扶弱？

不久之後，「瑞芳茶餐廳」便無聲無息地結束營業。

韶光流逝，我們長大後都離開了黑布街。前陣子因為姑母在那裏附近的教會接受洗禮，觀禮之後，我們三姐妹路過舊居一帶，姐姐忽然指着街角説：「這裏從前不是『瑞芳茶餐廳』嗎？」

我們一起望過去，從前姐妹們一起吃菠蘿包的情景，又在眼前重現。

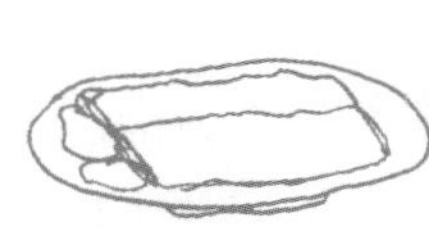 暖暖的天堂 

上完翻譯課，五個同學在學校附近的茶餐廳集合。

空卡位不是沒有，只是五個人坐進去太擠，而且，我們其實並不太熟，不用坐得太親密——我如是想。

餐廳近門口處就有張長方桌，幾個人胡亂坐進去，甫坐下又鬧哄哄的吵着要換位——誰執意要坐誰的旁邊，誰又堅持不肯坐誰的旁邊——擾攘了五分鐘，才好歹坐定了。

然後有人大嚷：「肚子要餓扁了！」於是齊齊看餐牌。

我不消兩秒便選定了，他們卻將餐牌傳來傳去，像要開大會決定。

令人感到過於吝嗇的 Eddie 開始宣讀議程（套餐類餐牌）：

「三文治餐 15 元，包三文治及一杯飲品，凍飲加 2

元，檸蜜加 4 元，雙拼三文治加 4 元，麵包烘底加 1 元。」

「麵餐也是 15 元，包一碗牛丸或福州魚丸或龍蝦丸米線，加一杯飲品。米線、米粉、河粉、通粉、公仔麵同價，出前一丁麵加 2 元。飲品可改紅豆冰、菠蘿冰或涼粉冰，一律加 5 元。」

「飯餐任選餐牌內任何飯類，送飲品及羅宋湯或忌廉湯，嘩！ 35 元！」

Eddie 話還未完，已嘩聲四起，都呼太貴。

「這款餐最實惠——」Eddie 繼續，「特餐 20 元，有火腿雙蛋、叉燒湯麵和飲品。我要這種好了。」

隨着 Eddie 已選定，我們都陸續說出想吃的：

「我上課前已吃過飯了，如今要一杯紅豆冰好了。」坐在我旁邊的 Jenny 說。

「我要牛丸麵。」坐在對面、年紀最小、他們說是「清貧學生」的阿立說。

「我也不餓，要一個羅宋湯好了。」Anna 說。

「我要一杯熱華田、一件芝腿治。」我是最後一個說出想要的。

但他們沒意思叫夥計來落單，好像還有重要事項未議決似的。

Eddie 再仔細看一次餐牌，然後像律師結案陳詞般說：

「這樣吧！ Jenny 要紅豆冰，叫一杯也要 15 元，如果叫一個麪餐，飲品改紅豆冰也只是 20 元，麪可以給阿立。阿立是窮學生，如果 Jenny 照付 15 元，那阿立只需付 5 元就可以了，但阿立就沒有飲品……」

「沒關係，」阿立說，「喝茶就行了。」

Jenny 也沒有異議。

「你如果叫三文治餐雙拼要加 4 元，太不划算。你喜歡吃火腿的話，我的特餐裏有火腿雙蛋，我的火腿可以給你夾進芝士治裏，不就成了芝腿治了嗎？你一於只叫芝士治三文治餐好了。」

我才不用這麼慳吝，根本連餐也不必，散叫兩樣也不過三、四十元。正想反對，他們三個卻齊聲讚美 Eddie「數口精」、懂計算。

「Anna 只要湯，原本我叫飯餐的話，湯就可以給她，但飯餐 35 元太貴了，依我看，我的特餐裏的飲品該可以改湯的。羅宋湯一個要 15 元，Anna 你只給回我 8 元就可以了。」

充滿「師奶」本色的 Anna 當然贊成，於是，Eddie 就充當總司令似的召來夥計發辦。

「一個特餐、一個三文治餐……」

「沒有啦，特餐和三文治餐只在下午二至六時供應，餐牌上寫着的，現在已經九時多啦！」夥計沒聽 Eddie 說完便答道。

「啊！」原本的完美計劃被打亂了，幾個人不知所措起來，我真害怕他們又要花上十多分鐘，才能砌出另一個完美套餐的餐單來，那我真不知多晚才可以回家了！

幸而 Anna 此刻發揮了她的師奶講價本色：

「你找你的老闆問問，我們每天下課也光顧，一個星期三個晚上，有時更會上課前來，下課後也來，還帶其他同學來，是你們茶餐廳的長期老主顧呢！就請你們老闆為老主顧破例一次吧！」

Anna 説得七情上面，一看便知是街市講價高手。

「我真的不能擅作主張呢！」夥計真的去找他的老闆來。

哎，為了省十元八塊，竟這般大費周章，令我這自命有品味的中產階層顏面何存？只好把椅子移後，別轉了臉，以求置身事外。

茶餐廳的老闆來了，是個衣着樸素的中年人。

「我認得幾位是這裏的熟客呢！」老闆一來，不忘先熱烈招呼。

這「幾位」當中，當然不包括我，因為我只是第一次跟他們來，而且很後悔因跟了來而遇上這尷尬的場面。

「幾位，特餐和三文治餐也只是在早晚兩個飯市中間作招徠的，其實沒什麼錢賺，請幾位改要飯餐或其他吧！我可以給幾位打個九折。現在市道艱難啊！茶餐廳賺的也是微薄的辛苦錢，就請幾位多多包涵吧！」

看得出老闆的委曲求全甚是無奈。

「就是市道艱難呀，我們也是升斗小民，還能光顧茶餐廳已經很難得呢！而且我們差不多天天來，你就本着薄利多銷的精神，方便一下老主顧吧！我們大家也要明白對方的艱難呀！」

Anna 繼續鼓其如簧之舌。

老闆還是面有難色。

「幾位也許有所不知啦！現在的『打工仔』個個也寧願省點錢在家吃飯，我們經營茶餐廳的生意可愈來愈難做了。但生意難做，競爭卻愈來愈大，快餐店連鎖集團紛紛減價促銷，花款多籮籮，連漢堡包店也賣飯和送外賣，這叫我們這些小本經營的怎吃得消？幾位就體諒體諒吧！」

老闆差不多用上求告的語氣。

「就是要互相體諒啊！你們遷就一下靈活一點，我們也就更常來，這就大家都好了！」Anna 絕不放棄，繼續死纏爛打。

老闆受不了糾纏，終於道：

「哎，那就破例一次吧！各位以後可真要多多關照啊！」

「那當然啦！」他們四個齊聲應道，臉上露出了皆大歡喜的表情。惟有我，感到為了十元八塊而貶低了身價而在耿耿於懷，忍不住對 Eddie 說：

「Eddie 你做公務員的，其實有個『鐵飯碗』，犯不着這般慳吝、斤斤計較呀！」

「哎呀，現在當公務員的，也不再是『鐵飯碗』，政府也要瘦身裁員，我們人人自危，不省吃儉用、積穀防饑怎成！反而 Anna 這些安坐家中當少奶奶的，才是什麼也不用愁啊！」

Eddie 說時彷彿一臉羨慕。

「當然不可以這樣說啦！我的丈夫只是個中層管理人員，現在大機構裁員，常常對這個階層開刀，他每天上班也是提心吊膽、過一天算一天的。我不想在家裏乾着急，惟有努力進修，希望可以幫上忙，更要知慳識儉，減少開支，希望減少他的壓力。」

Anna 說着，歎起氣來，令我們也受到點點感染。

結賬時，他們都掏出一堆硬幣來夾錢付賬，阿立掏出一個十元硬幣來，說：

「我吃了一碗麪，也不能付太少，就付 10 元好了。」

Anna 連忙制止：

「說好了你是給 5 元的，你剛畢業，出來工作收入不多，留點錢在身邊吧，未雨綢繆，積穀防饑啊！」

她像教導自己兒子般對阿立說。

「對啊！其實我可以請你吃的，你連 5 元也不用付。」Jenny 說。

他們又為了幾塊錢在推讓、糾纏，這當然又會阻遲了我回家的時間，但這一次，我卻不再感到厭煩。

◆ ◆ ◆

我不常去街坊茶餐廳，但太高級的食府，更不常去。這一晚，我是隨上司赴客戶的約，才會來到這間位於尖沙咀某大酒店頂樓的高級食肆。

「不常來吧？」女主人家阿 May 問，這個五個月前還被我追貨追到不敢聽電話的小文員，今天，已搖身一變成為客戶的太太了。

坐下寒暄了幾句，李老闆已找來食肆總廚來推介撚手菜色，於是點了這食肆的指定菜單 —— 生蠔、鵝肝、紅酒等，幾個人為叫哪一個年份的紅酒，擾攘了好一會。

「朋友常取笑我們夫婦，為嘗一瓶紅酒不惜一擲千金，有什麼辦法，我們就是太會挑，較便宜的紅酒，是怎樣也喝不進口的。」李老闆呷下一口紅酒之後，滿臉笑容地說出這段話。

一會，鵝肝來了，我推辭不吃，李太太煞有介事地叫嚷：

「這是鵝肝啊！是上乘的鵝肝呢！你吃過鵝肝吧？不曾細味，怎能說是懂得享受人生哩？」

我想解釋：我從不吃動物內臟，而且想起人類為了自己的口福就強餵鵝兒，令牠們的肝臟脹大、硬化，就感到野蠻與不文明之極。然而，當想起對於某些人來說，食物只代表價錢、貴氣或身分，就不想浪費唇舌了。

李老闆、李太太喝下幾口紅酒之後，就高聲發表管治員工的議論起來，李老闆說：「前幾天啊，我們送貨的跟車工人因交通意外斷了腿，不過是點小傷，但賠償就得花錢。我跟律師商量，談上幾句就知道怎樣可以省回一大筆了，反正那些工人不懂法例。做生意的人啊，就是要懂得動點聰明腦筋。」

李太太也一臉得意地附和：「現在請員工啊，真要懂得全改為合約制，工資可以少付一點，福利省回一點，萬一發生了什麼事，連賠償也省回一筆啊！」

「這我得多多向兩位做大生意的老闆學習學習了……。」我的上司這樣回應。

往下的一道菜——龍蝦湯來了，穿名牌薄紗裙的李太太說：

「喝下幾口熱湯，整個身體也暖和了。」

聽完他們剛才一段話的我，卻感到一陣陣心寒。

◆　◆　◆

一個星期之後，下課後我們幾個同學又在茶餐廳集合。

在初秋的微涼天氣中，步進這如常冷氣不足的小茶餐廳裏，竟感到十分的暖和。

這一次，我們五個人擠進四人卡位裏坐，又開始為叫哪一種餐最慳省而吵吵嚷嚷。

Eddie 一看餐牌，立即宣布喜訊：

「飯餐已由 35 元減到 30 元呢！有一碟飯和飲品，叫一個餐另叫一杯飲品也只加 5 元！」

「嘩，兩個人如果食量不大的，一碟飯兩杯飲品才 35 元！」阿立嚷。

我們擾攘着選好了餐單，就由 Anna 請來老闆「商量」。

「老闆，我們要一個飯餐 —— 一碟鹹魚雞粒炒飯，本來已送一杯飲品啦，我們再加 20 元，多叫四杯飲品如何？即是 50 元有一碟飯四杯飲品……」

老闆聽了，又笑又皺眉道：

「你們幾位真會精打細算，但我們為了優待顧客，已自動減了價啦，這樣下去，就連成本也撿不回的呀！一個飯餐規定只可以 5 元的優惠價多叫一杯飲品的……」

幾經討價還價，我們叫了一個飯餐和一個麪餐，再加二十元叫四杯飲品。

五個人用幾個小碗熱熱鬧鬧地分吃飯麪，Anna 又嚷着要油菜和淨雲吞。

夥計來之前，她笑着說：「這回可不再講價了，總不能不讓人家賺錢。」

我這幾位同學，其實只是愛玩和習於儉樸，都是些心地不壞的人。

油菜和淨雲吞來了，老闆還加送了幾碗例湯。同學們見了大喜，又吵嚷着計算我們這一餐省了多少。

邊喝着熱呼呼的例湯，邊看着他們吵嚷，我感到心頭暖暖的。

四個角落一種心情

落寞的人不會去茶餐廳，因為茶餐廳太吵，時常煙霧瀰漫，而且跟人來人往的街道太貼近，連半點落寞的氣氛都沒有。

然而，落寞的我，卻喜歡在茶餐廳裏回憶，讓回憶侵蝕我的細胞。

◆ ◆ ◆

我坐在茶餐廳玻璃門旁的卡位，旁邊向着正門的，就是全茶餐廳最大的餐桌，由三張方桌組成，足可坐八至十二個人，是一大班同事、同學、朋友聚集最常坐的。使用率還真高，每次總是要先派一兩個人衝進去霸佔位子，隨後來的一大夥人才有機會佔用。

通常，坐這張桌的大夥兒一坐就會坐上兩、三小時，而且會縱聲談笑，吵嚷不堪，成為整間餐廳的主要噪音來源。

那次下課，我們話劇班的同學們，一行八人，就坐在那裏。

他們由話劇班第一堂課開始已常來，我卻是第一次加入，因為每次下課後我總是立即趕回家——下班後再上兩個小時的課已經太累，課後還在茶餐廳坐上個把小時，第二天必定會沒精神上班的了，何苦來哉！

然而這天，卻被愛糾纏的 Helen 硬拉了來。

被拉進茶餐廳之前，我已聲明：我最多只坐二十分鐘！

邊推門邊在叫嚷的時候，看見他就坐在長桌的最左邊面向門口的位置——原來今天被大夥兒推來佔位子的是他。

本來張大的嘴巴馬上合上了，心裏忐忑——糟透了，這樣子的我是否太沒儀態、很難看？

那一天，他的穿着、打扮很隨便，短髮清爽的面貌，令人看得舒服。

由於人多，我和他坐在對角的兩個位置，根本沒機會說上一句話，然而視線卻碰上幾次，只是我有點近視眼，不大敢肯定他的視線焦點是不是自己。

那一晚我在茶餐廳坐了一小時二十分鐘，違反了自己的聲明。大夥兒吵着嚷着，壓根兒不知道談過什麼，惟一記得的是他們説過：「你們兩個的高度、外形很合襯，可以當我們畢業演出的男女主角啊！」

他們那樣説的時候，我們的眼神又遇上了一次。

回家的時候，我知道他要走到兩條街外的車站，我也可以走那個方向，卻被 Helen 拉了去乘地鐵。

説再見的時候，我告訴自己 —— 他眼神裏有點失落。

◆ ◆ ◆

除了門邊那個卡位，有時候，我愛坐到往洗手間的通道旁最角落的卡位，躲到山洞裏般去開始懷緬。

從山洞裏的卡位看出來，能把門那一邊第三個卡位看得清清楚楚，我們第二次來這茶餐廳，就是坐那個卡位的。

那一次，因為翌日是公眾假期，同學下課後都趕着赴朋友的約，一起去茶餐廳的，只有我和他，Alan 和 Helen 四個。

因為只有四個人，我們沒再坐正門那張長桌，卻隨便選一個卡位。他就坐在我的對面，因為卡位比較狹迫，坐下來之後，我們的腿碰到過幾次。

Alan 和 Helen 都是多話的人，只有在他們累了要喝口水的時候，我和他才有機會談上一兩句。

他輕聲問過我：「你為什麼來這裏學話劇？」

我隨口答說：「因為空閒沒事做。」

答了隨即後悔 —— 這樣的回答太沒深度了，但至少，可以讓他知道我沒什麼約會。

兩個人還沒機會談上幾句，Helen 就嚷着要走，這一回她走得很匆忙，沒有拉我陪她乘地鐵，讓我和他有同行的機會。

只消兩條長街的路程，就到了他乘車那個車站了，我們其實沒有談過些什麼。說再見的時候，我在想，會不會我們回到家裏都只是一個人，其實可以一起去看電影或者散散步⋯⋯。

只是，我們都沒向對方說什麼。

分別之後，一個人落寞地走着，不時回過頭去，希望他會從後面追上來。

但是，他沒有。或許，是我太愛幻想了。

也許，一切都只是我的幻想。

◆ ◆ ◆

靠門的另一邊，有另一個小卡位，因為空間問題，這小卡位只有一半，即是只有一邊的卡位和較窄的餐桌，那一邊的座位，是面向餐廳裏的。

通常，一個人來的客人會被安排到這座位去，因為兩個人坐實在太狹太迫了。兩個人坐的話，兩人的大腿幾乎要緊貼着；吃東西時，兩人的手肘很容易碰在一起；如果兩個人都用手支着腮，又同時一個朝左一個朝右往後望，兩個人的臉，是有機會貼在一起的。

所以，也有些親密的情侶，會專挑這個卡位。

那一趟，不知道是因為下課後同學都走得快，還是我倆故意在課室裏逗留，那一趟，是第一次只有我們兩個來這裏。卻不巧，這晚茶餐廳生意太好，竟坐滿了人，只餘下這個狹小的卡位。

坐到這個卡位來念記他，我可是待自己心靈堅強時才有勇氣這樣做。因為，有時候，太甜蜜的回憶能傷人。

都是坐得太貼近惹的禍，我們都不想太快吃完、太快離開這茶餐廳。

他的手提電話響起，是他的朋友約他去「唱K」。

「你和朋友去玩吧！反正我想到文化中心海傍看海。」我言不由衷。

「我陪你去看海。」他說。

那天文化中心海傍人很多，連看海的空隙也沒有。

「我們乘船到中環，在船上可以看海。」他說。

船上，我們坐得比在茶餐廳裏更貼近。

「你有沒有跟男孩子在夜裏坐過渡輪？如果沒有，請記住這一晚。」他說。

我必定會記住這一晚。

渡輪到了中環，我帶他到扶梯旁蘇豪區閒逛。逛了一會，我問他：「累了嗎？要不要回去了？」

他說：「回去了也必定睡不着，因為今夜有一個特別的女孩子伴我漫步。」

甜言蜜語，令這一夜變成流金的光華。

終於要回家了。在回家的地車上，我們無言，緊挨地坐着。

離我家還有兩個地鐵站，他說：「我們在這個站下車好嗎？」

「但我還未到……」

「當陪我走走吧！」

那一段兩個地鐵站的距離，有太多的不捨。

到了我家樓下的地鐵站，我問他：「你是要在這裏乘車回去了嗎？」

他看牢我，目光裏有一種無奈與十種深情，緩緩地說：「也好，不然，我會捨不得的跟着你到家裏去……」

他知道我一個人住。靈蛇的試探就在面前，禁果的誘惑就在嘴邊。

那一聲再見，是太難說出口了。

◆ ◆ ◆

茶餐廳最後一個角落的卡位，太不特別，由那裏看出去，是無盡的空虛。

也許那一晚在地鐵站前說的再見，不夠溫柔婉轉；也許是我的性格太拘謹矜持，以為是開始的一夜，竟變成戛然的終結。

朋友都笑我太迂，說是現代的速食愛情，容不下一絲猶豫、經不起一次拒絕。

果然，一、兩個星期之後，他和另一位女同學，已是出雙入對了。

戲劇課程快要完結，也許今天，是我最後一次來這茶餐廳。

也許，就在今夕，一切心情、深情，都該收拾起。

我已經沒理會自己坐在茶餐廳的哪個位置。

鄰桌，坐着兩對十七、八歲、打扮前衛的男女，在狹小的卡位裏，他們的身體，差不多是重疊、交纏的。

他們叫食物的時候，對夥計嚷：「記緊要快！」

女孩子看着餐牌嬌嗔：「A 餐 B 餐常餐快餐……選擇太多，眼花繚亂。」

男孩子狡黠一笑，只道：「瞎挑就行！其實不餓，只是過過癮兒，哪管這許多……」

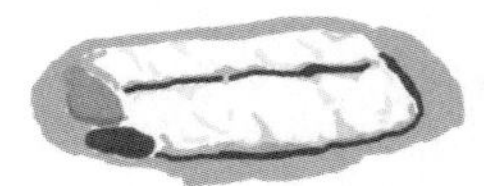

菠蘿包和餐肉反蛋

茶餐廳的夥計，有些喜歡在客人的背後説長道短，小朱見過許多了。

這家小朱和爸媽常光顧、位於灣仔皇后大道東的「祥興茶餐廳」，規模很小，窄窄的只有一排四個卡位，另一邊是三張小圓桌。夥計也不多，老闆娘加兩個夥計，再加一個水吧、一個廚房、一個洗碗的。聽説老闆在兩條街之外的軒尼詩道還有另一間較大的餐廳，由自己打理；而這間據説是他們發跡的餐廳，則由老闆娘守着。

老闆娘喜歡閒談，閒談的對象，有員工、有客人，連送貨的、送信的，她也會聊上幾句。老闆娘是個厚道人，不愛説人家是非，喜歡講的，多只是女兒讀哪家幼稚園、功課怎樣、老師怎樣。她又愛問人家哪一家小學好，校風怎樣？可不可以「一條龍」直升中學？

聽得出來，她是位好母親。

她的員工可不一樣，趁老闆娘不在，就肆無忌憚的縱聲閒談，所談的，不外是娛樂圈八卦事，甚至顧客的長相、私隱，更會為熟客取外號。年紀小小的小朱覺得他們太不厚道了。

有好幾次，小朱也在這裏聽到好些難聽的話。

「那個歌手死了的確可惜，但聽説他是『基』的，『搞基』的人啊，也許命都不會長……」

「剛剛結賬的那個女人啊，聽説她丈夫在大陸『包二奶』。你看她，終日愁眉苦臉，要是我是她丈夫，也會跑掉……」

「那個『掃把頭』局長啊，她的髮型真是不敢恭維，就算她工作多賣力也抵不過，如果她是民選的，哼，我必定不選她……」

「那個什麼女星啊，可能和那個富豪怎樣怎樣……」

小朱吃早餐時，常常聽到這些難聽的話，有時甚至令她連早餐也吃不下嘸。

小朱想，他們也許中了傳媒的毒，有些報章雜誌就愛損人、挖苦人、揭人私隱。翻開雜誌，全本沒有一句好話、正面的話、讚賞人的話。難道，是這些毒已經滲進這些員工心內？抑或，他們本性如此？

小朱不知道。

話說回來吧，她這麼不喜歡這間茶餐廳，為什麼又常來呢？

◆　◆　◆

小朱雖然已經讀中四，但還是每天跟着爸爸媽媽到樓下的「祥興茶餐廳」吃早餐。

小朱排行最小，有一個哥哥、兩個姐姐，幾年前媽媽還會在大清早起來為他們弄早餐、煮通心粉；但在哥哥、姐姐都結了婚和遷出之後，媽媽就懶得再早起煮早餐，每天都是三人行去樓下的「祥興」。

爸爸媽媽退休後沉迷股市，每天到茶餐廳一坐下，兩個人就搶着看報紙的財經版，根本沒空跟小朱說一句話。

小朱每天總是一個人邊啃着菠蘿油，邊游目四顧，任由視線落在不同的茶客身上。

還是情竇初開、沒拍過拖的小朱，最留意的是一對男女。

這對男女，跟其他常見的戀人不同。女的年紀好像比男的大，但究竟大多少呢？五年？又好像不止，十年？又不至於。起初，小朱會以為他們是姊弟，但看他們親暱的表現，又不像。

橫看豎看，他們也該是一對戀人。

女的約莫三十歲吧！穿着斯文大方，化了淡妝，她臉上沒有一絲皺紋，絲毫沒有「老」的跡象，只是從她的談吐打扮，約莫推測到她的年紀。

男的約莫二十三、四歲，卻打扮老成，每次見他，總是穿了整齊西裝。深色的西裝，令他看上去成熟不少。還有，是他蓄了小鬍子，令外表看上去更老成。小朱有時會想，是不是他故意如此打扮，令他們看上去相襯一些呢？然而，天真的笑容卻出賣了他，他笑起來的時候，像個大孩子，看上去，怎樣也不會超過二十四歲。

這對引起了小朱研究興趣的男女應該是住在附近，或在附近工作，他們每天都一起到這家茶餐廳吃早餐。

小朱留意他們已經有十來天，每天他們都會坐在同一角落的卡位，有時座位被人「霸佔」了，女的臉上會有點失望，但男的總是哄她、逗她笑。他會另外為她找一個不會對着風口、附近又沒有人抽煙的位置。

坐下來之後，女的會輕聲對男的説想吃些什麼，然後由男的去叫。小朱留意到女的每天總是吃菠蘿包和喝熱奶茶，很少改變；但男的總是細心地聽了她説，才喚夥計來。

他們對坐着，很少話，但目光總是含情脈脈的，小朱好生羡慕，這種種情景，都令她想起唸中一那年的事。

◆ ◆ ◆

中一那年，小朱的班主任是 Ms. Hong。Ms. Hong 是小朱最喜歡的老師，小朱也是 Ms. Hong 很喜愛的學生。

Ms. Hong 看上去約莫二十七、八歲，在學校已經教了四、五年。Ms. Hong 樣貌端莊、談吐優雅，最愛穿旗袍上課，淺藍色的、金黃色的，每次上堂，都令到同學賞心悦目。

同學都説 Ms. Hong 來自一個富有而有教養的家庭。她家住太古城，到過她家拜年的同學都説，她家裏放滿了舊式的酸枝、花梨木傢俬，書架上有許多古書，連那個待客的糖果盒，也是那麼古雅精緻。

同學都喜歡 Ms. Hong，大家都說 Ms. Hong 都二十七、八歲了，該嫁了，但嫁給誰好呢？

他們私下議論，訓導主任 Dr. Wong 是最理想的對象。Dr. Wong 約莫三十歲，尚未娶妻。他主要教中文科，國學學識精湛，還是中樂團的指揮呢！從背景到年齡，他倆都是絕配，於是，同學們就私下將 Ms. Hong「許配」給 Dr. Wong。

然而，同學並沒有如願以償，愛八卦的同學打探到，Ms. Hong 原來與剛大學畢業，在學校任教第一年的勞 Sir 拍拖，這可不得了。

「我是親眼在商場裏見過他們手拖手的，這消息應該假不了！」

「那個勞 Sir 最多只是二十四、五歲，他比 Ms. Hong 還要年輕幾年呢！」

「那麼幾年之後，Ms. Hong 老了，而勞 Sir 還是這麼年輕，他們走在街上，豈不更像兩姊弟嗎？」

「女人比男人快老，幾年之後，説不定 Ms. Hong 已經又老又殘，兩人走在一起，更像兩母子呢！」

「我打聽到 Ms. Hong 原來已經三十二歲了，我的舅母是她的中學同學，説她最少也該有三十一、二歲了，那麼，Ms. Hong 豈不是比勞 Sir 大七、八年！」

「老妻少夫啊！真嚇壞人，想不到 Ms. Hong 這麼蠢，有和年齡相若的 Dr. Wong 不選，卻選一個比自己年輕十年八年的勞 Sir，她不是貪圖勞 Sir 年輕吧？」

「她真不自量啊！她不知道自己會老的嗎？」

他們的話愈來愈難聽了，小朱實在聽不下去，她「砰」一聲大力關上課室的門，躲到一角偷偷掉淚。

令她傷心的，不是因為 Ms. Hong 和勞 Sir 在一起，而是同學竟然這樣詆譭一向待他們很好的 Ms. Hong。

同學對 Ms. Hong 和勞 Sir 的態度改變了，還常在背後對他們指指點點，只有小朱仍是一樣，不變地默默支持 Ms. Hong。她覺得，其實 Ms. Hong 和勞 Sir 也挺相襯啊！最起碼，撇開了年齡，他倆真摯的笑容是一致的。

不久，捺不住學校裏的閒言閒語，勞 Sir 辭職離開了學校。聽 Ms. Hong 説，他在外面搞了一個網站，還發展得蠻好的，短短幾年間，就成了一個網站的行政總裁。

小朱中三那年，Ms. Hong 和勞 Sir 結婚了，同學裏面，只有小朱一個被邀到教堂觀禮。不到三十歲的勞 Sir，已是一副成功商人的老成模樣，還有個小肚腩呢！相反 Ms. Hong 可能因為幸福的關係，看上去愈來愈年輕，他們走在一起很合襯，真是一對璧人。

小朱衷心祝福 Ms. Hong 和勞 Sir，因此，她也誠心祝福這一對常在茶餐廳裏遇上的男女。

◆　◆　◆

令小朱懊惱的是，茶餐廳的夥計，也跟那時候的同學一般，喜歡在背後議論紛紛。他們總愛在茶客走後，就高聲談論他們。因為不知道茶客的名字，他們總以他們吃的食物作為代號，於是有個人叫「乾炒牛河」，有個人叫「乾燒伊麪」。

小朱心想：「我一定叫『菠蘿油』了！」。

夥計稱那對男女做「菠蘿包」和「餐肉反蛋」，這是他們常吃的早餐。

有一次，小朱聽見夥計在談論：「菠蘿包和餐肉反蛋準是同居的，不然怎會每天一起來吃早餐？」

「那個『菠蘿包』啊！雖然保養得好，但該比『餐肉反蛋』大好幾年吧！」

「那不是成了『老妻少夫』？」

「你沒聽說嗎？老婆愈老愈可愛啊！」

「女人比男人快老，幾年後，就像媽媽拖着兒子上街了！」

「哎呀！我才不會討個媽媽來當老婆啊！」

「這不是叫做『戀母情意結』嗎？」

小朱愈聽愈聽不下去了，連最愛的菠蘿油也沒吃完，撇下看報的爸媽，就先行離開茶餐廳。

之後，小朱為了應付期中考試，要早起溫習，沒再跟爸媽去茶餐廳。考完試之後，再坐在茶餐廳卡位上的時候，已見不到那對男女。整整一星期了，小朱好失望，是不是不能再見到那幅溫馨的早餐景象了？

夥計有天在談論：「菠蘿包和餐肉反蛋最近沒來，大概分手了。」

另一個説：「是啊！我有一次好像看到餐肉反蛋和另一個年輕女孩在一起，這才相配啊！」

小朱很是惆悵，這麼合襯的一對男女，為什麼要分開？她感到原本溫暖溫馨的聖誕節，也冷了幾分。

小朱不想再聽夥計的閒言閒語，今天開始，決定「告別爸媽」，獨自到對面的一間茶餐廳吃早餐。

推門進去坐下，她看到坐在對面的，竟是餐肉反蛋和菠蘿包。他們吃着一樣的早餐，餐肉反蛋溫柔地對菠蘿包説：「這裏的菠蘿包比對面的『祥興』好吃，是嗎？」

菠蘿包甜甜的笑説：「是啊！也寧靜多了呢！」

小朱覺得這個聖誕節將是溫暖又溫馨的。

美都奇遇記

「美都餐室」位於廟街63號，就在作為廟街標誌的榕樹頭對面。餐室的斜對面，是「源記喳咋」，也是廟街的地標。

聞説過，餐室是茶餐廳的前身，也有稱為冰室或者冰廳的。

總之，「美都餐室」，就是一個很統一、很有特色的名字。

「美都」共有兩層，遠遠的從彌敦道走過去，就會被它二樓的綠色窗框吸引，這是一間極具懷舊特色的茶餐廳。

地下一層有傳統標上「推」、「拉」字樣的玻璃門，門裏面，是木製收銀櫃和卡位，卡位只有幾個，實在不能坐上幾個客人，所以，甫進門，客人就可以看到「樓上雅座」的字樣。

樓下門外還有最舊式的麪包櫃，約有大半個人的高度，透明玻璃櫃裏面，是一個個烘麪包的鐵盤，上面放了大大個、分量十足的菠蘿包。另一個較寬較矮的玻璃櫃，則是用來放蛋撻的，裏面也放了些紙包蛋糕、椰撻和老婆餅。

也許這都是這家餐室的馳名食品，但它還有更馳名的，是滿室的招紙上用書法寫着的「馳名五十年焗排骨飯」。

馳名五十年？那這家餐室在廟街已經有五十年歷史？但記得個多月前經過，招紙上面寫的還是「馳名四十五年」，這麼快，已變成了五十年了嗎？日子過得真快！

「美都餐室」二樓的雅座，在文化界享負盛名。聽說有許多文化人 —— 作家、編劇、記者愛在下午來這裏寫稿，喝一、兩杯咖啡，就是一個下午。

我也是慕名而來的。

我是個編劇，風光時代，在中環的大酒店咖啡室寫稿；風光不再，也勉強可以去 UCC、Starbucks 消磨；最近，市道更差了，編劇界朋友說我住在旺角，可以去「美都」。

在這裏挑一個好位置，望着窗外的榕樹頭，也可以寫出很草根、很有味道的故事來。

第一次來，我已經挑到好座位，透過綠色鐵窗，望着大榕樹寫稿。但我沒吃這裏馳名五十年的焗排骨飯，因為一碟要四十多元，並不便宜，還是只點了一杯咖啡，寫完稿再到附近吃十元一碗的雲吞麪吧。

坐在鄰桌的男人，慕名叫了一碟焗排骨飯，飯由樓下經過最具傳統風味的「食品電梯」，由樓下廚房運上來時，中年女侍應打開電梯門。她把熱烘烘的飯取出，正正地向着飯，打了個響亮而口水花四濺的噴嚏。我很慶幸自己沒有慕名點這飯，但那個男人顯然沒聽見那聲響亮的噴嚏，因為他正吃得津津有味。

看着窗外榕樹的枝梢被風吹動，我的靈感來了，它來得輕盈飄杳。只是，它一來，就被一聲重重跌坐在木卡位上的響聲嚇跑。

我想說：「請勿搭檯！」但那位女士，已正正的坐在我的對面。

在這種餐室，我還有什麼資格說句「請勿搭檯」呢？

那是一個大約四、五十歲的女人，一頭「阿嬸」型曲髮、一臉滄桑。那張臉，過早地被皺紋爬滿、佔據；那雙眼，累得張不開來，重重打摺的眼皮，像累得一垂下就永不能再張開似的。

「鳳姐，還是要齋啡嗎？」女侍應問。

「嗯！」女人用嘶啞的聲音哼出一個字，當是回答。

「今天已是第二杯了，傷身的呀！」

「有什麼辦法？一早到晚也只有這下午時間，可以出來喝杯咖啡提提神。」鳳姐說。

「這是你生意好啊……」

「好個屁！就是生意不好，沒錢請外面的唱家，才要自己由早到晚不停的唱。只有那三、四個阿伯，又點《癡雲》又點《男燒衣》，識貨是識貨，但唱得我喉乾聲啞呢！」

「那是辛苦錢啊，但夠生活。在廟街經營歌座，總比我們在餐廳當個侍應，任人呼喝強多了吧！」

「在廟街開粵曲歌座，前幾年也是風光過的，但這幾年……唉，『黃腫腳，不消提』啊！你算算，一個早上才有四個阿伯進來，每位茶價才 30 元，三四一十二，一個早上才 120 元，連交電費、雜費也不夠呀！」

説罷，鳳姐的眼皮再重重地垂下，開始閉目養神。

我知道，她身上，必定有一個廟街的傳奇故事。

◆　◆　◆

為了好奇，我曾經專誠造訪侍應告訴我鳳姐經營的「廟街粵曲歌座」，推門進去，裏面幽幽暗暗的，鳳姐站在寫着毛筆字「醉歌」的掛幅前，唱着〈禪院鐘聲〉。

這個臉色萎黃的瘦弱女人，唱起歌來，可是中氣十足，全情投入的。

我在一張小桌旁坐下，侍應告訴我：「每位 30 元，包一碟花生，茶任你喝，坐多久也行，還可以點唱，當然，唱完可以隨意打賞。」

我坐了一會，本來想點小明星的〈薇花落後韻猶香〉，但見鳳姐唱完一曲〈癡雲〉，已疲累不堪，便打消了念頭。

我突然有將鳳姐的故事寫成書，或者拍成電影的衝動，於是告訴鳳姐，我想訪問她。

她聽了，疲累的睜開雙眼，向我擺擺手，說：「一個老女人的故事，有什麼好寫？有誰想聽一個老女人嘮嘮叨叨？」

◆ ◆ ◆

廟街自有它的故事，「美都餐室」亦然，只是我還未遇上，還未有靈感為它寫些什麼。

這天，我正對着一大疊空白的稿紙發愁，一個中氣十足的老伯，踏着大步走上二樓，就坐到我前面的一個卡位。這位老伯健步如飛，走起路來，竟有粵劇老倌的功架！

「新錦堂，又來吃椰撻下午茶呀？」侍應問他。

「當然啦！」老伯聲如洪鐘。

「新錦堂你是粵劇老倌，到底是不是八和的會友呢？」侍應問他，語氣卻帶點調侃。

「當然是啦！我是八和的康樂部部長，連明星足球隊出外比賽，我也當過帶隊的！」他一本正經地答。

「那大老倌為什麼有台板不踏，卻在廟街玉器市場裏做『寫信佬』？」侍應繼續調侃他。

「粵劇是我的興趣，興趣不一定要拿來混飯吃。替人寫信是我的正職，我是靠這手藝養大我的四個子女，如今他們個個成才！寫信也是堂堂正正的職業，但請別叫我『寫信佬』，可以叫我『代書先生』！」他答得理直氣壯。

「那工餘還有沒有擔綱演出呢？可以送幾張戲票給我嗎？」侍應問。

「當然有！但賣票是文娛中心票房的事，你可以去問問看……」

聽着他們的對答正入神，突然被對面一聲沉重的木板撞擊聲嚇着，一抬頭，又看見累極的鳳姐跌坐在卡座上。

「鳳姐，又是齋啡嗎？」侍應問。

「依舊吧！」還是那疲倦沙啞的嗓音。

「聽說鳳姐你近來搞什麼懷舊演唱會，很忙吧？」

「不是懷舊演唱會，是紀念演唱會，我和幾個唱家一起紀念小明星。小明星可是我最景仰的唱家，當年荔園粵劇團的一位師兄教我聽小明星，教我唱〈癡雲〉，自此我便喜歡上小明星……」

驀地，桌邊站了一個人，是剛才那位叫新錦堂的老伯。

「阿鳳，真是你！一直聽聞你在廟街歌座裏唱歌，我在廟街寫信十多年，怎麼竟沒和你遇上過……」

鳳姐激動得站起來，沙啞的嗓音透出莫名的驚喜：「新師兄，竟是你！十多年沒見了。說起來慚愧，我經營的那種歌座，哄哄退休阿伯還是可以，新師兄這種大老倌又怎會去哩！」

新錦堂坐到我旁邊，沒理會我的存在，繼續聲如洪鐘的說：「在廟街開歌座，也是堂堂正正的推廣粵劇藝術啊！有什麼不好？雖然世道坎坷，但我們還是堂堂正正做人，有什麼好慚愧、抬不起頭的？」

「新師兄，有你這番話，我工作的勁頭又來了！我正在忙搞小明星紀念演唱會呢！」鳳姐的聲線提高了不少。

「難得你還忘不了小明星，是了，你唱小明星的歌，歌藝該進步不少吧！」新錦堂問。

「唱了這兒麼多年，就是最愛唱〈薇花落後韻猶香〉。」

「你在這裏等一會……」

健步如飛的新錦堂跑下「美都餐室」那筆直的樓梯，兩分鐘後，拿着一個二胡回來。跑回座位，一絲不苟地坐正了，拉起樂曲來。

這個下午，我和那位「有眼不識泰山」的侍應，聽了由鳳姐演唱、新錦堂二胡伴奏的〈薇花落後韻猶香〉……

此際，已是深秋，步出「美都」，步向榕樹頭公園時，晚風吹來，已有陣陣涼意。

我揪緊衣領，想起許多編劇同行的坎坷際遇。想起一位當劇務的朋友轉做速遞員，他送貨上半山的時候，大廈管理員叫他登記，一抬頭，他認得那是從前認識的一位助導……

想起新錦堂說做「寫信佬」也要做得堂堂正正，想起鳳姐在風雨飄搖中，還致力為小明星搞一個紀念演唱會……，我再揪緊衣領，告訴自己——做一個落泊的編劇也可以昂首闊步，用最樂觀的胸懷向前邁步、迎上前去！

第一部分寫作建議

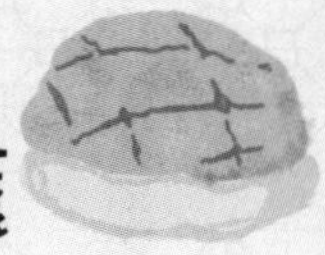

寫作題目一：「一位廣受同學歡迎的校工」或「一位廣受客人歡迎的茶餐廳侍應」—— 參考〈呷呷茶，加加油〉

這是一條有關人物描寫的題目，寫人物時，可從肖像描寫、言語描寫、行為描寫、心理描寫這幾方面展開。

在文章的開頭，可先描寫一下這位校工或侍應的外貌，然後，可參考〈呷呷茶，加加油〉的寫法，展開對這位校工或侍應的言語描寫、行為描寫、心理描寫。

〈呷呷茶，加加油〉中的參考段落：

言語描寫：

1．看見柱上的黃紙還寫上有馬拉糕、叉燒包等點心，於是也點了馬拉糕。

老闆說：「熱的馬拉糕已賣完了。」

這令每餐主食後必吃甜點的我好生失望。

但老闆娘爽朗的聲音響起：「弄給你吧！但要等三分鐘！」

表現出老闆娘確是細心和為顧客設想。

2．茶檔的主要顧客還是馬迷，但有些馬迷不是好顧客。茶檔只有五張摺檯，有些馬迷只叫了一杯飲品，就攤開馬經佔了半張檯，還一坐就一、兩小時。有些更什麼也沒叫，就呼朋喚友坐滿一整桌。

真正要吃東西的客人來了沒位置，老闆娘只客客氣氣地説：「請你們靠攏點坐好嗎？坐擠迫一點吧！太勞煩你們了。」

表現老闆娘的溫柔敦厚

行為描寫：

泊在茶檔旁有許多營業車——的士、小貨車。老闆娘常為司機留意有沒有警察要「抄牌」——發出違例泊車的告票，遠遠見到警察走近，她就扯大嗓門，把他們叫回來。

的士司機、小貨車的送貨員，有時忙得沒時間吃飯，許多時叫了飯就跑開，老闆娘三番四次的為他們把飯菜再熱一下；見他們趕急，又為他們在熱茶裏加冰，確保不會太燙。

表現老闆娘對客人的客氣和善待

心理描寫：

一位司機大哥：「鴛鴦走甜。」

「又是鴛鴦走甜？今早不是喝了麼？一天喝兩杯鴛鴦很傷胃的，不如要熱檸水吧！」老闆娘關切地。

「我今早喝過了嗎？連我自己也忘了呢，老婆吩咐一天只許喝一杯的！」疲累的司機大哥說。

老闆細心地為他調了杯熱檸水加鹹柑橘，一樣的價錢，端給他時，說：「鹹柑橘，降火呀！」

其實單是這片細心，已叫司機大哥降火了。

表現老闆娘對客人的真心關懷

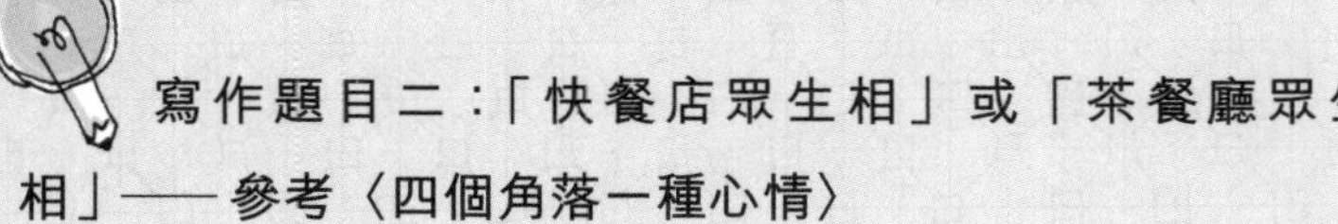

寫作題目二：「快餐店眾生相」或「茶餐廳眾生相」——參考〈四個角落一種心情〉

「眾生相」的意思是不同年紀、階層、身分的人的不同表現，針對題目中對寫「眾生相」的要求，建議可描寫快餐店或茶餐廳中以下各式人等的不同表現：一大班同事、同學、朋友聚會、獨個兒靜靜吃飯的人、年輕男女、情侶，這些在〈四個角落一種心情〉中都可以找到可供參考的描寫文字，建議還可以寫一家大小有老人小孩的和來談生意的商人、推銷員，這就要運用一下你在日常生活的觀察與感受了。

〈四個角落一種心情〉中的參考段落：

1．一大班同事、同學、朋友聚會

我坐在茶餐廳玻璃門旁的卡位，旁邊向着正門的，就是全茶餐廳最大的餐桌，由三張方桌組成，足可坐八至十二個人，是一大班同事、同學、朋友聚集最常坐的。使用率還真高，每次總是要先派一兩個人衝進去霸佔位子，隨後來的一大夥人才有機會佔用。

通常，坐這張桌的大夥兒一坐就會坐上兩、三小時，而且會縱聲談笑、吵嚷不堪，成為整間餐廳的主要噪音來源。

2．獨個兒靜靜吃飯的人

靠門的另一邊，有另一個小卡位，因為空間問題，這小卡位只有一半，即是只有一邊的卡位和較窄的餐桌，那一邊的座位，是面向餐廳裏的。

通常，一個人來的客人會被安排到這座位去，因為兩個人坐實在太狹太迫了。

3．年輕男女、情侶

鄰桌，坐着兩對十七、八歲、打扮前衛的男女，在狹小的卡位裏，他們的身體，差不多是重疊、交纏的。

他們叫食物的時候，對夥計嚷：「記緊要快！」

女孩子看着餐牌嬌嗔：「A餐B餐常餐快餐……選擇太多，眼花繚亂。」

男孩子狡黠一笑，只道：「瞎挑就行！其實不餓，只是過過癮兒，哪管這許多……」

寫作題目三：「某次家人購物受騙，交涉無效，家中各人都感到十分氣憤，試寫出這件事的經過。」或「某次與家人到茶餐廳吃飯與侍應發生磨擦，令家中各人都感到十分不快，試寫出這件事的經過。」——參考〈暖暖的天堂〉

寫這篇文章的時候要注意除了清楚交代事情的原因、

經過、結果之外，可着重寫一下事件中爭執雙方的對話、表情、反應等，這方面可參考〈暖暖的天堂〉一文中的這段敍述：

「我認得幾位是這裏的熟客呢！」老闆一來，不忘先熱烈招呼。

這「幾位」當中，當然不包括我，因為我只是第一次跟他們來，而且很後悔跟了來而遇上這尷尬的場面。

「幾位，特餐和三文治餐也只是在早晚兩個飯市中間作招徠的，其實沒什麼錢賺，請幾位改要飯餐或其他吧！我可以給幾位打個九折。現在市道艱難啊！茶餐廳賺的也是微薄的辛苦錢，就請幾位多多包涵吧！」

看得出老闆的委曲求全甚是無奈。

「就是市道艱難呀，我們也是升斗小民，還能光顧茶餐廳已經很難得呢！而且我們差不多天天來，你就本着薄利多銷的精神，方便一下老主顧吧！我們大家也要明白對方的艱難呀！」

Anna 繼續鼓其如簧之舌。

老闆還是面有難色。

「幾位也許有所不知啦！現在的『打工仔』個個也寧願省點錢在家吃飯，我們經營茶餐廳的生意可愈來愈難做了。但生意難做，競爭卻愈來愈大，快餐店連鎖集團紛紛減價促銷，花款多籮籮，連漢堡包店也賣飯和送外賣，這叫我們這些小本經營的怎吃得消？幾位就體諒體諒吧！」

老闆差不多用上求告的語氣。

「就是要互相體諒啊！你們遷就一下靈活一點，我們也就更常來，這就大家都好了！」Anna 絕不放棄，繼續死纏爛打。

老闆受不了糾纏，終於道：

「哎，那就破例一次吧！各位以後可真要多多關照啊！」

「那當然啦！」他們四個齊聲應道，臉上露出了皆大歡喜的表情。

寫作題目四：「記一次星期天上茶樓的見聞和感受」或「記一次星期天上茶餐廳的見聞和感受」—— 參考〈菠蘿包和餐肉反蛋〉

寫作這題目可參考〈菠蘿包和餐肉反蛋〉中邊記敘邊抒情的寫作方法。

第二部分
街頭小吃
龍鬚糖
8元1盒

杏仁糊的遺憾

小時候，住在公共屋邨。

那時候在屋邨空地擺賣的管制沒有現在那麼嚴格，某些有利位置，時常聚集上七、八檔小吃檔，通常是下課、下班的時段吧！小吃檔有賣生菜魚肉、碗仔翅、牛什、糯米飯、魚蛋、糖葱餅、龍鬚糖的，大人下班會在這裏先吃點什麼才回家，小孩子、學生嘛，口袋裏一有零錢就會在這裏打轉。

在這裏開檔賣點什麼的人當中，有夫妻檔，二人同心合力，真箇其利斷金；有一家大小出動，父母負責烹調、孩子負責洗碗、「打包」的；也有祖孫三代齊心協力的「大檔子」；當然，還有只是一個人做買賣，做獨腳戲，令客人不免要多等一會的「個體戶」。

曾幾何時，這片屋邨空地的某一角落，多了一個賣糖水的張大嬸。她沒有多餘的器具，只有一架木頭車、兩個大暖瓶和瓦碗、瓦匙、膠碗、膠匙。兩個大暖瓶，一個盛了芝麻糊，一個盛了杏仁糊。

張大嬸不叫賣，只是路過的人看見有新檔子，知道是賣糖水之類，都會好奇的來問：「賣的是什麼？」

張大嬸都會柔聲答：「是自己磨自己煮的芝麻糊、杏仁糊，很滋潤的。」

那時我們小孩子最愛吃的都是魚蛋、牛什等味道濃烈的零食，對於所謂清潤有益的糖水，都不願意花可以買好幾串魚蛋的錢去品嘗。

倒是有一天下課回家，看見媽媽在吃杏仁糊。

媽媽説：「這杏仁糊真是自己磨的，不是用水沖調的，很香、很滑、很清潤啊！」

對時常要捱更抵夜工作的媽媽來説，這種甜品，不啻是一種補品 —— 對勞工階層女性來説，對皮膚有滋潤作用的杏仁，更是最廉宜的補品、護膚品。

那個時候的勞工階層，怎會有錢買奢侈的補品？一碗清潤的杏仁糊，已經是媽媽犒賞自己辛勞工作的美食了。

每次看見媽媽一口一口的慢慢品嘗，連吃剩黏在膠碗上的，也翻轉碗來讓杏仁糊沿着邊緣滴成半小匙，很珍惜的吃下去，都會想到，那是年輕喪夫、沒有丈夫疼愛的媽媽，在辛勞過後惟一疼惜自己的方法。

媽媽看着我那副饞相，以後每次買杏仁糊給自己時，都會多買一碗芝麻糊給我。

當時兩個哥哥去了當學徒，兩個姐姐上了中學，只有讀小學上午班的我最早回家，午間從工作地方回家休歇的媽媽，會為我買些吃的回來。有些時候，她怕姐姐知道了會説她偏心，總是囑咐我:「快點吃，別讓姐姐回來看見。」

如此這般，媽媽和我一個吃白色的杏仁糊、一個吃黑色的芝麻糊，成了只有我和她分享的祕密。

有一次，下課經過小吃檔，遇上媽媽正在買杏仁糊，她對我説：「不如這次就在這裏吃，不用買回去了吧！」

張大嬸把本來已盛進膠碗的杏仁糊倒進瓦碗內，又用另一個碗盛芝麻糊給我，吃的時候，嬸嬸對我和媽媽説：「你們母女倆長得真像呢！」

媽媽和我相視而笑，我覺得那天的芝麻糊格外香甜。

那天開始，我每次路過小吃檔，也會看看媽媽是否在那裏，遇上了，便一起吃糖水。

然而，自從一天哥哥、姐姐來學校找我，説出媽媽病了的消息之後，我沒有再和她一起吃糖水了。

此後，下了課沒再到小吃檔流連，而是趕往醫院探媽媽。某一天，當我坐在牀邊看着日漸乾瘦的媽媽時，她對我説：「很久沒吃杏仁糊了。」

因為媽媽進了醫院，哥哥沒有天天給我零用錢；我沒吃早餐，儲了幾天錢，才足夠買杏仁糊給媽媽。可是，那天不知怎的，張大嬸的杏仁糊特別好賣，我去的時候，已經賣完了，大嬸對我説：「杏仁糊賣完了，芝麻糊好嗎？」

我拿着暖瓶盛着的芝麻糊，急急趕乘巴士去醫院。到了醫院，媽媽見我拿着暖瓶，有點雀躍地問：

「是杏仁糊嗎？」

可是，當她看到倒出來的是黑色芝麻糊的時候，她的臉色沉了下去，對我説：「你自己吃吧！」

那個晚上，因為買杏仁糊花掉口袋裏所有的錢，沒錢乘巴士，我從荔枝角的瑪嘉烈醫院走路回梨木樹的家，看着手中的暖瓶，豆大的淚珠從臉上掉下來，長長的路程上，一個人邊走邊拭淚。

之後，我還是將吃早餐的錢儲起來，想着下課後一定要早點趕去買杏仁糊，可是，還未下課，老師便告訴我：你的哥哥姐姐來了找你。

默默隨着哥哥姐姐乘巴士，哥哥告訴我，媽媽已經很危險了。

◆ ◆ ◆

時光流逝，往事依稀。

如果，往日的日子曾留給我什麼遺憾，也許，那是關於杏仁糊的遺憾。

如果，有人對我說起「樹欲靜而風不息」的話，我所想起的，大概仍是關於——杏仁糊的遺憾。

甜中帶酸的白糖糕

大學剛畢業的時候，他沒找到工作，難得幾個做了教師的同學，湊了點錢，讓他開了家小書店。

他從來有點運氣，他考試從不勤力讀書，卻常給他猜中考試題目。他不努力找工作，同學看在眼裏，心有不忍，最後更為他出資開書店。

因為家裏沒什麼人，他索性搬到書店去住，好省點租金。那家書店開在一幢小唐樓的三樓，可以做生意可以住人，搬到裏面以後，他把書店當成了家。

我比他勤力，找到了一份保險營業員的工作，因為工作自由，每天早上開完會都會往書店裏鑽，坐一會，或者幫忙執拾書本。

知道他每天起牀喜歡不吃早餐便工作，每天開完會，我也會順道買早餐給他。

最常光顧的，是一個推木頭車的伯伯。

他的木頭車分兩層，上層放滿十幾二十個小瓦碗，是放缽仔糕的。下層可精彩了，芝麻糕、鬆糕、紅豆糕……其中，最特別的可算一種不知名的糕點，一條油條包裹着一團壓扁了的糯米飯，好吃又夠飽。其中最平凡的，可說是白糖糕了吧！白白的、扁扁的，不甜不淡，不軟不硬，只是……比白開水多了那麼一點點咀嚼口感的糕點。

不知道他喜歡吃哪一種，所以，每天每一種也會買一些，白糖糕，總是最後選擇。

但他卻最愛吃白糖糕。

問他為什麼那麼喜歡吃，他道是：簡單、方便。

拿起了塞進口裏，便可以一邊吃一邊工作。它的好處是沒放太多糖、不黏手，吃罷不用洗手就可以繼續點算、執拾書本。

它不甜不淡，吃了不需因為口裏太黏，急着去找水喝。

原來，不濃不淡、不特別，也是讓人喜愛的原因。

他還說：「你有沒有嘗到——白糖糕其實有點淡淡的酸味？」

「是嗎？那又如何？」我反問。

「淡淡中微微有一點酸味，這就叫——耐人尋味了吧！」他答得好「玄」。

雖然他挑了我不喜歡的白糖糕，但我看他吃得津津有味的樣子，感到十分溫暖。

中國式的小糕點總帶給人這樣的感覺。

小時候媽媽常到菜市場買糕點給我吃，缽仔糕、紅豆糕、芝麻糕……，還有一種叫「圓仔」的小甜點，是像年糕一般，又比年糕硬的糕點，一顆顆搓成小圓球黏在一起，咬下去甜甜黏黏的，很有「嚼頭」。

媽媽忙於工作常不在家，每一個下課後獨自寂寞的下午，惟有這些小糕點，讓我這個單親家庭中的孩子，感到一點點被疼愛、一點點家的溫暖。

他是一個反叛的男孩，從來沒有家的觀念。

他常說的話是：「我常有預感，我到了三十歲就會死。過了三十歲，太老了、要負太多責任，再不浪漫。我會拍拖，但不會結婚，更絕不會生孩子！」

我常以為吃多點糕點，會讓他有家的感覺、有家的需要。

可是，事與願違，我等不及了，我們分手了。

分手之後，我並沒有為另一個人買早餐、弄早餐。分手的理由，只是我不想再和一個不想結婚的男孩子在一起。

可是，每當想念他的時候，我仍會買些小糕點，咀嚼、回味那種曾經希望和他共同擁有一個家的感覺。

許多時候，會不自覺買了許多白糖糕回家。

家裏除了有媽媽，還有外婆，兩代都是單親。

外婆看見白糖糕放着浪費，會拿來吃，當早餐、當夜宵。

外婆喜歡吃白糖糕。她的牙差不多全掉了，吃白糖糕不用多咀嚼，所以她也能吃。白糖糕不太甜，她不用害怕會影響她的病情——她患的是糖尿病。

後來發現，原來連小姨甥也愛吃。只有七、八歲的姨甥，在外婆給她吃過一口白糖糕之後，也愛吃起來，她愛白糖糕又軟又滑。

可能，我是家裏惟一一個不懂欣賞白糖糕的人。

我自己不吃，卻會去買，買給家裏的老老少少。

某一天，某一個下着雨的星期六早上，我在糕點店前，遇上一個熟悉的身影。

許多許多年沒見的他，竟也來買白糖糕。我正想上前叫他，他卻轉過身，把白糖糕遞給身邊一個三、四歲的小女孩，邊説：「你先拿着，爸爸要付錢給伯伯呢！別只管吃，要留給媽媽的。」

那天，我買了白糖糕回家，除了給婆婆、姨甥，自己也拿了來吃。這一趟，我第一次嘗到——如他所説——白糖糕的味道，原來是甜中帶點微酸的。

分享童年的豆腐花

路過深水埗一間老字號豆腐店——「公和豆品店」，被吸引進去吃點什麼，就坐到一位女士對面來。

要了一碗豆腐花和一碟煎豆腐。送來煎豆腐的時候，我禮貌地問對面的女士：「你有叫煎豆腐嗎？」

她答：「沒有，」然後加上一句：「我本來也想叫的，但是怕吃不下。」

我説：「一碟煎豆腐有四件，我也怕自己吃不下，不如我們一起分享吧！」

女士也大方，説：「那我就不客氣了，我付一半錢吧！」

就這樣，兩個不相識的人，同桌吃東西，一齊分享一碟小吃。

她告訴我，她童年時是在深水埗區長大的，後來搬往別區；今天是為兒子辦執照，才來這一區，並被這間陪伴她成長的豆腐店吸引，於是進來吃點什麼。

然後，她又跟我分享她的童年往事。

這是一段偶然的、溫馨的童年分享。

◆ ◆ ◆

其實，我也有自己的豆腐花故事。

童年時候，喜歡跟媽媽到菜市場買菜。有時候，媽媽兩手拿滿了東西，騰不出手來拖我，又恐怕我自己亂跑、跑出馬路，於是帶我去吃豆腐花，把我放在「豆腐檔子」裏。

豆腐檔的人工作忙，其實無暇代母親看管我，只是當時我只有三、四歲，又生得矮小，坐在檔子的木椅上，雙腳懸空，自己根本下不了地，逃跑不了。而且，媽媽大多會把我抱到椅子上，說了句：「一碗熱豆腐花，謝謝！」然後就急忙跑開，等到她買完菜才來付錢，所以我坐在椅子上，動彈不得，怕被人罵吃霸王豆腐花！

豆腐花吃得快，一分鐘就吃完了，每次都是吃完了在呆等，媽媽半小時後才回來。那半小時的等待，真是如坐針氈，怕給人罵礙着位置、怕給人問起付了錢沒有，想多叫一碗又不敢開口。害怕的時候，有時甚至會擔心媽媽就此把我丟在豆腐檔子裏不要我了，於是，每每是抽抽答答的哭着時，才看見媽媽從老遠跑來找我。

幸好豆腐檔的檔主並不兇。這檔子是兩母子經營的，賣豆腐、豆腐乾、芽菜、豆腐花、豆漿等。隨着時日變遷，檔子裏的人也改變，由起初的兩母子，到後來兒子多了一個媳婦；媳婦懷孕了，不久檔子又多了一個孩子；後來母親年紀大了，不見了，變成兩夫婦經營；再後來，兩夫婦也鬢髮斑白了。

到了今天，我仍然喜歡吃豆腐花。長大了搬到太子區居住的我，沒再光顧童年住處旺角豉油街的菜市場豆腐檔，改到深水埗的「公和豆品店」吃豆腐花，因而，有了上面一段與陌生女士分享童年的經歷。

我對豆腐花與豆腐店的歷史實在好奇，後來要搜集資料寫書，因利乘便，興起了訪問豆品店老闆的念頭。問深水埗「公和豆品店」的店員可否做訪問，他們說：「老闆在九龍城老店那邊，你去找他吧！」

於是，冒昧打電話到九龍城老店找老闆，他欣然接受訪問，在某一個陽光普照的下午，在九龍城「公和豆品店」裏，我們分享豆品店的歷史故事。

◆ ◆ ◆

「公和豆品店」在一八九三年開業，它的盛衰，標誌着香港的經濟起飛與旁落。二十世紀七十年代，香港百廢待興，一般平民生活艱苦，用腐乳拌飯是常有的事。這時豆品店的生意，也以售賣腐乳為主。

至八十年代末期，香港經濟起飛，股市暢旺，人人「魚翅撈飯」，吃腐乳的人少了，這是豆品店由盛轉衰的時期。近年，香港人追求健康，常喝豆漿、吃豆腐花，豆品店的生意又好起來了。豆腐花這種甜品，不說不知，從前的人多是把它加上醬油，用來拌飯吃。隨着香港人逐漸富裕，吃得飽以外，吃甜品的漸多，所以，把豆腐花加糖水或黃糖粉來吃的人愈來愈多了。

我們喜歡吃的豆腐和豆腐花，究竟是怎樣製成的呢？原來豆腐師傅會先將用水浸了六、七個小時的黃豆，磨成豆漿水，然後煮熟及隔渣。較稀釋的豆漿水，會留製飲用的豆漿；而較濃的豆漿水，則會分兩個流程，製成豆腐花、豆腐和腐乳這三種美味的「豆品」。

「公和豆品店」在一九五〇年，於深水埗北河街開設分店，因為地處於北河街菜市場內，而成為深水埗街坊最常流連、歇息的地方。買菜的太太們更把小孩子放在店內吃豆腐花，才去買菜；走累了的大嬸，又喜歡在這裏放下東西，吃一碗豆腐花歇歇；大叔們喜歡在這裏邊吃豆腐花邊和朋友聊天。

◆ ◆ ◆

豆腐花，是陪伴我和許多人成長的甜品，想不到，豆製品的歷史，更關係着香港的經濟發展、民生哀樂。

誰說甜品、小吃對我們自己、我們的人生不重要？

孩子王最愛吃生菜魚肉

童年時的我，是個孩子王。

為什麼説是孩子王？因為我那時頑皮、「霸道」的劣跡，罄竹難書。

在家裏，我是老么，有兩個哥哥、兩個姐姐，家裏大人多，除了媽媽、姑母，還有姑婆，他們都疼我，因為，在我出生後不到一年，爸爸就因病去世，姑母常邊哭邊説：「弟弟死了，你們家再不會有小孩啦！這個最小的，一出生就沒有爸爸，一定要待她好一點，補償她失去的父愛啊！」

除了是家中老么、爸爸的最後一個女兒之外，還因為我小時候體弱多病，長得瘦、個子又小，什麼哮喘、氣管炎等集於一身，由兩歲到十二歲也揮之不去，多走兩步還會氣喘，因此被特別恩准免做家務；因為跟人多吵兩句又會氣促、臉色變藍，大人們都吩咐家中眾小孩要多多遷就我，對我處處讓着點兒。

我在家中是孩子王，在鄰居中也是孩子王，在一層唐樓裏的四個板間房四家人中，我也是最小的一個孩子，誰家的孩子欺負我也是以大欺小，而且我最擅長哭和大叫，跟鄰家男孩打完架就大哭大嚷，看見他們被自己的爸爸、媽媽揪着耳朵邊罵邊泣回家，我便躲在一角偷笑。

說完我為什麼成為孩子王之後，要數算一下孩子王的惡行。

孩子王吃的每一頓飯，桌上從來只有她最愛吃的菜。小時的我很偏食，愛吃的菜，只有叉燒、蕃茄煮牛肉、糖煮麪豉等數種。因為我瘦小體弱，姑母和媽媽很着緊要我多吃，可是，買了別的菜，我會躲起來不吃飯。他們拿我沒法子，於是，每晚飯桌上也總是叉燒、蕃茄煮牛肉、糖煮麪豉，我不愛吃的菜式，從來不會出現在飯桌上。

每晚吃飯，哥哥姐姐們通常是一看見菜餚便嚷：又是叉燒、又是蕃茄煮牛肉……。

孩子王從來不做家務，只是坐着等吃，或者只顧玩，家人弄好飯後還要三催四請，我才肯稍移玉步的吃飯去。

還有更厲害的是，就算沒人和我玩，我也不肯乖乖做功課，寧願躲懶看卡通片、睡大覺去。每當功課做不完，又差點到睡覺的時分，姑母亦總是對我說：「先去睡吧！不然睡不夠又容易生病了。」然後，吩咐哥哥姐姐幫我做功課。

都說孩子王的惡行罄竹難書，現在說起來，也有點難為情。

孩子王還非常蠻不講理。

有一回，我下課路經小吃檔，想去看看最愛吃的生菜魚肉檔子，竟發現媽媽捧着一個小瓦碗，在吃生菜魚肉。

不知怎的，那一刻，我的反應很大，好像發現了一件不可思議的事。

媽媽竟偷偷在吃生菜魚肉！

在孩子眼中的大人，也是只吃「正餐」，不愛吃零食的，不是嗎？他們常常不准孩子吃零食呀！

而且，孩子眼中的大人，甚至不大愛吃東西。他們下班後趕着買菜、趕着弄晚飯，才坐下來匆匆吃幾口飯菜，便放下碗筷趕着去忙別的事……。

大人們不都是不愛吃東西的嗎？

我每次吃冰淇淋、冰棒、喝汽水，都給媽媽罵，說這會令我的哮喘惡化，說小孩子不該吃零食，可是，為什麼媽媽竟會在街邊偷吃生菜魚肉？這令我十分困惑。媽媽、姑母一直也會把一切好吃的留給我。吃芒果是我吃果肉他們吃核、吃叉燒是我吃瘦肉他們吃肥肉，什麼我愛吃的，他們也只會讓給我，可是，媽媽為什麼會背着我吃生菜魚肉？她沒有告訴我，也沒有帶我來同吃，更沒有買回來給我，媽媽到底是怎麼搞的？

回家後，我把這事情告訴哥哥、姐姐、鄰家小孩，我告訴他們：「今天，我竟然看見媽媽在街上吃生菜魚肉！」

他們沒什麼反應，只是說：「那又怎樣？」

我想說：「媽媽竟然沒帶我去、沒告訴我，背着我一個人去吃生菜魚肉！」可是，說了也沒用，他們不會明白我為什麼這麼震驚。

過了兩天，我又看見媽媽在吃生菜魚肉，這一回，我氣沖沖的走過去，對她說：「媽媽，你為什麼一個人在這裏吃生菜魚肉？」

媽媽看見我鼓着腮、嘟着嘴，於是請賣生菜魚肉的伯伯也給我一碗，哄我說：「媽媽以後每次來吃也帶你一起！」

這一次之後，沒再在樓下檔子遇上媽媽，卻是她隔兩、三天便會買生菜魚肉回來給我。我問她：「你吃了嗎？」她說：「在下面吃了才買回來給你的。」

原來，實情不是這樣的。

一次媽媽和姑母一起清潔廚房，我在門外面玩，聽到姑母對媽媽說：「聽你說過樓下的生菜魚肉很新鮮，我也吃過一兩回，真的不錯啊！你也常去吃嗎？」

「沒有了。」媽媽淡然說。

「為什麼？」

「原來小妹也愛吃生菜魚肉的。這陣子酒樓生意不好，分到的獎金少了，家裏開支大，能省便省。本來也是把錢省下來嘴饞吃一兩回的，既然小妹也愛吃，就留給她吃吧！」

「是嗎？既然你的收入少了，那我也省一點吧！我也不去吃了，幾個孩子上學開支大，我們大人能省便省吧！這陣子常加班，下了班肚子餓便想吃點什麼，可是，這也只是一會兒的事罷了，餓一會，晚上吃幾口白飯便算了。」

孩子王縱是野蠻愛鬧，但對姑母、媽媽這番話是不會聽不明白的。

此後半年間，孩子王沒再吃過她最愛吃的生菜魚肉，她告訴媽媽已經不愛吃了。直至半年後的一個母親節，孩子王才再在樓下的生菜魚肉檔出現。

那一年，姑母和母親得到的母親節禮物，不是鮮花、圍巾，而是每人一碗熱騰騰的生菜魚肉。

孩子王明白到大人不是不愛吃東西，不是不愛吃零食，只是為了孩子，自奉儉約、自我犧牲，把一切最好的留給子女。孩子王也明白，除了兩碗熱騰騰的生菜魚肉，也該用體諒、懂事來回報處處維護自己、愛惜自己的親人。

同學們，我們來吃煨番薯

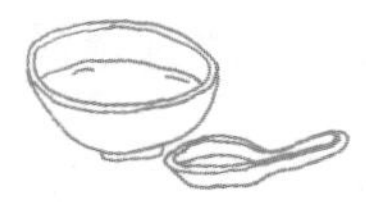

秋涼了，這樣的節候、氣氛，最適宜吃煨番薯。

冰冷的一雙手，不一定要由手襪、外衣的袋口、男朋友的手、暖爐來溫暖，把熱烘烘的煨番薯拿在手裏，感覺最好。

吃煨番薯，是多重享受。遠遠嗅到它的香氣，奔跑着追蹤它的氣味，這是嗅覺享受；走近了它，買了它拿在手裏，暖烘烘的暖上心頭，那是觸覺的享受；掰開它，揭曉它是金黃色的黃心番薯、還是深紫色的紫心番薯，這是色的享受、視覺的享受；吃進口裏，香甜軟滑，那是味覺的享受。它色、香、味、觸覺的引誘，令人無法抵擋。

我愛這樣吃煨番薯：把煨番薯買來了，在凜冽的寒風中，躲進男友的大衣中吃，吃完之後，男友大嚷：「我的大衣裏滿是番薯味，明天讓同事嗅到了準會取笑！」

聽了他說的話，我看着自己因為吃煨番薯而弄得又黑又髒的雙手，大笑起來。

吃煀番薯令人快樂——我是這樣想的。

可是，今年秋天來了以後，我再沒吃過煀番薯了，因為，今年大學畢業以後，我當上了教師。

學校附近有幾個小吃檔，每逢學生下課時就聚滿許多人。小檔子賣的有魚蛋、雞蛋仔、燒賣、粉果、豬腸粉、還有……老遠就嗅到煀番薯的香氣。

每逢下課路過，我會看到吃得津津有味、滿嘴油膩的學生們。下課後飢腸轆轆，我也想買來吃，可是，在學生面前……，我內心掙扎得厲害。

可是，在訓導主任一聲令下後，學生從此不得光顧這些無牌小吃檔。

訓導主任說：「『沙士』的教訓還不夠厲害嗎？你們還這樣不注重衛生、健康！吃了生病怎麼辦？讓父母花冤枉錢為你們看病！」

他還吩咐我們警誡和監察學生，不讓他們光顧學校附近的小吃檔。

雖然校方下令禁制，但學生們怎能抗拒這些小吃檔的誘惑呀！訓導主任下令我們幾位老師輪流「掃蕩」，輪到我當值那天，學生從老遠看到我就跑開了。其實，我多想告訴他們：我也喜歡吃煨番薯、雞蛋仔呀！

有一回，我看見小敏在吃煨番薯，吃完以後，她看着又黑又髒的雙手笑了起來，我也笑了，心裏暗想：「多羨慕她呀！」

可是，第二天下課時，她竟對我不瞅不睬，一改以往的愛笑愛鬧。學生都説，因為她在街邊吃零食，被訓導主任記了個缺點。那天之後，不知道為什麼，我班的孩子們也開始對我冷淡了許多。

我想，也許他們以為是我檢舉小敏的吧！為了「避嫌」，我故意繞道回家，不再經過那些小吃檔。因為不敢在學校附近的小吃檔買東西吃，不敢在學生面前光顧流動熟食小販，我已經兩、三個月沒吃過煨番薯了。男友看見我的可憐相，問我：

「你可以往別處去買煨番薯呀！」

唉！誰叫我的住處與學校這麼近，萬一在別處買了，在街上吃東西時候遇上學生怎麼辦？總不能每次也乘車到老遠的地方買吧！

男友體諒，他有時會在他家附近為我買來煨番薯，可是，由於路途遙遠，買來的煨番薯都已經涼掉，那種暖暖的感覺、誘人的香味、香甜的口感幾乎全失去，吃時，令人有想哭的遺憾。

幸好，皇天不負苦心人，過了不久，我有機會吃到熱烘烘的煨番薯了。

學校的秋季旅行，老師和學生一起去大尾篤郊野公園遊玩。我們幾個老師為了怕麻煩，只帶了些三文治去，看見學生們燒烤玩樂的勁兒，真有點羨慕。

坐在樹下閒着的時候，遠處飄來一陣熟悉的香氣，那是……煨番薯呀！

雖然眾老師的口水長流，但礙於尊嚴，我們誰都不敢往學生那邊，倒是訓導主任「身先士卒」！他走向我班的學生，和他們聊天，還跟小敏説：「愛吃煨番薯的話，自己烤來吃好了，那次駕車經過，看見你吃煨番薯吃得髒兮兮的，真有損校譽呢！」

不久，數名我班的學生吵嚷着跑過來，他們遞給我一團用錫紙包裹着的東西，小敏對我説：「Miss Chow，這是我們給你的。對不起，我們誤會了你是『二五 Miss』呢！」

我打開錫紙一看，感動得想哭，那是——熱烘烘、香噴噴的煨番薯呀！

那是我頭一遭在學生面前吃煨番薯，更是頭一回和學生一起吃煨番薯。學生們看見我吃得高興、忘形，跟我說：「原來老師也愛吃煨番薯的。」

我邊吃邊告訴他們：「當然啦，除了煨番薯，我還喜歡吃魚蛋、雞蛋仔、豬腸粉、牛什……。」

吃完煨番薯，我和他們一起伸出又黑又髒的雙手來，相視大笑。

愉快的燒烤旅行結束了，男友來接我，我高興的告訴他：「今天，我和學生一起吃煨番薯！」

今年學校的聖誕聯歡會，我會提議我班的同學自己動手做一些小吃帶回學校，和大家分享。大家可以做些易弄的小吃，如咖喱魚蛋、生菜魚肉，或在超級市場買來魚肉燒賣、糯米雞，一加熱就成。我也會帶來我的拿手小吃——用焗爐烘的巧手烤番薯，包管同學們吃得欲罷不能！

龍鬚糖
8元1盒

自力更生龍鬚糖

爸爸失業已快九個月了，鄰居勸他：「你是單親爸爸，去申請綜援吧！現在打工只賺到『雞碎咁多』！」

爸爸堅信他可以找到工作，他總說：「把綜援留給那些更有需要的人吧！」

他去參加再培訓課程，獲轉介面試了二十九次，可是仍找不到工作，他已經四十六歲了，沒有人肯請他。

有人勸他去創業，他說：「自己知自己事」—— 連飯也快沒錢開了，哪有錢創業？

他每天仍是往外跑，想看報紙的招聘版，但捨不得花六元買一份報紙，於是一大清早往圖書館裏鑽，看罷報紙，就到餐廳、小食店、雜貨店等等，看有沒有招工廣告。

可是，布鞋已穿破了兩雙，仍是白費氣力。

實在沒法可想了，也許只有我輟學，不再升讀中四，出來找找工作吧！可是，連中學畢業生、大學畢業生也找不到工作，我這名中三學生，又有什麼辦法？

在最絕望的時候，爸爸帶了一個鐵箱子回來，用肯定的語氣跟我說：「爸爸終於要創業了！」

「創業？哪來的錢？」我滿腹狐疑。

「創業不一定要花大錢的，只花幾百元也可以。你看，爸爸找同叔做了個鐵箱子，花一百幾十元買麥芽糖和麪粉、花生、砂糖，便可以創業了。」爸爸顯得躊躇滿志。

我對爸爸帶回來的這個鐵箱子很有興趣，走近去敲敲它、揭揭它。

「爸，就掛着這條布帶、揹着箱子去做生意？」

爸爸拿一個摺疊了的木架子出來，它像一張摺櫈，爸爸把它打開，將鐵箱子放在上面。

「這樣就可以『開檔』，放好箱子之後開始拉龍鬚糖，然後加上花生和糖的餡料，做好了放進紙盒裏，就可以賣。」

「爸，你學過嗎？你知道怎樣做龍鬚糖？」

「跟發叔學了數天了，他説我已經滿師。」

同叔和發叔，是爸爸在再培訓班裏的同學，爸爸在那裏上課，認識了許多好朋友。

第二天，爸爸就精神煥發的揹着鐵箱子去賣龍鬚糖。

他在學生下課的時候會到學校附近擺賣，或者在主婦們買菜時，他便會到屋邨的菜市場附近「擺賣」。

他一天賣的龍鬚糖不多，通常賣十多盒，每盒賣八元，每天可以賺百多元，爸爸已經很滿足了。只要生意好，一天賣去二十盒以上，他就會帶我到快餐店吃晚餐慶祝。

爸爸的為人安分、知足，他常説：「能夠自力更生、養活自己就該感謝上天了！」

街坊們都只愛新鮮，爸爸初開檔的時候生意不錯，但當街坊和小朋友們吃多了吃膩了，爸爸的生意也少起來。

看到他臉上的笑容漸少，我也不懂安慰，只好勸他多找同叔、發叔他們聊天，希望他們可以開解他。

一晚，爸爸外出找同叔去了，我看着他用來賣龍鬚糖的鐵箱子，為他憂心。

我打開鐵箱子，拿出放涼了的麥芽糖，想起爸爸是把麥芽糖開一個洞，沾上些麪粉，然後把這一圈麥芽糖拉長。拉的時候，用力要很均勻，才可以把一個麥芽糖圈，拉成很幼的一絲絲龍鬚糖。

這確是神奇，有點像玩魔術。拉麪店的師傅常在客人面前表演，把一團麪粉拉成一條條幼麪條。我認為爸爸把一個麥芽糖圈拉成一絲絲粗幼均勻的龍鬚糖，更精采絕倫、更值得鼓掌。

我用盡力把糖圈拉長、拉開，可是用力不均勻，把糖絲拉成一條粗一條幼，沾上麪粉，分成一小份一小份，把花生和糖捲進裏面。自己試吃一口，怎的跟爸爸做的完全不一樣？原來糖絲拉得均勻與否，「口感」是完全不同的。吃了一口自己做的龍鬚糖，感到和吃了一口麪粉沒兩樣。

眼看把爸爸的龍鬚糖弄得不成樣子，我便把糖悄悄藏起來。只不見了一個麥芽糖圈，爸爸該不會發覺吧！

還以為學會了做龍鬚糖，可以在爸爸休息時幫他跑到更遠的屋邨去賣，為他多賺點錢，但原來這種看似簡單的手藝，要掌握也不容易，爸爸一定是花了許多功夫學來的。

聽到爸爸的開門聲，我趕緊跑回書桌前做功課。爸爸洗澡後，走近我，對我說：

「爸爸這麼辛苦去找工作，也是想你好好念書，將來不會像爸爸沒學歷難找工作，誰叫你學做龍鬚糖的？」

我慌忙向四周張望，看看是否自己留下了什麼蛛絲馬跡，方才發覺自己的教科書上，沾上了很多麵粉，那是我的手沾上去的。

「你不用為爸爸擔心的，你過來看看這個！」

爸爸叫我到他的牀邊，只見在賣龍鬚糖的鐵箱子旁，又多了一個鐵箱子。

「爸，這是……」

「這是用來賣糖葱薄餅的。」

「糖葱薄餅？」

爸打開鐵箱的蓋子，為我示範做糖葱薄餅。他先展開一塊薄薄的餅皮，然後將脆糖放上去，加上砂糖和碎花生，然後包好就成了。

「這也是同叔給我做的，他教我兼賣糖葱餅，説這叫『分散投資』。明天起，爸爸除了賣龍鬚糖還兼賣糖葱餅，即使賣每一種每天只賺數十元，但兩種加起來就有百多元了！」

第二天起，爸爸每天左右肩膊都背着沉重的鐵箱子去開檔，看着他的背影，我的心情也沉重起來。可是爸爸每天總是抖擻精神，滿懷希望的外出做生意。

自從上一回賣龍鬚糖的生意下滑之後，爸學會了「危機意識」，他説：「雖然現在兼賣糖葱餅賺的錢多了，但也要想想一旦街坊們又吃膩了糖葱薄餅怎麼辦？」

某天，我和爸外出吃飯，經過一家便利店，我跟爸説：「老師説，這些便利店都是『特許經營』的。」

爸爸好奇問：「什麼是特許經營？」

我把經濟科老師教我的告訴他：「特許經營是一間公司把一種商品、服務經營得上了軌道、打響了牌子，便找來其他人投資，幫助其他人創業，由那些小投資者親自經營、運作，而由一間總公司負責管理、宣傳……」

爸爸聽了，只「哦」了一聲，不知道他是否明白。

可是，一個星期之後，爸和同叔、發叔一起背了十多個鐵箱子回家。

我問：「爸爸，造這麼多鐵箱子幹什麼？」

爸爸眉開眼笑的說：「爸開始幹『特許經營』呢！」

那天之後，爸爸每天揹了鐵箱子出去，早出晚歸。這樣勞碌了兩星期之後，他帶我到街上看他的努力成果。

他帶我逐條街道去看，差不多每六、七個書報攤，便有一個是兼賣糖葱薄餅的。

爸爸說：「賣龍鬚糖這手藝較複雜，一般人不易上手。賣糖葱薄餅則比較簡單，人人都會。我想到一般士多、食肆也不會看得起這些小生意的，惟有這些小書報攤，也許會不介意佔個小地方賺點小錢。我跑了幾百個報紙檔，終於找到二十個檔子肯和我合作。我負責提供生財器具、糖葱餅的材料，他們負責售賣，賺到的錢就每人一半。就算每個檔子每天只分給我 10 元，但二十個檔子加起來，我每天已可以賺 200 元了。」

我不得不佩服爸爸的生意頭腦，看着爸爸因動腦筋多了而日漸變得稀疏的頭髮，雖然有點不忍，可是，我相信我們該不用再為該不該拿「綜援」傷腦筋的了。

日後，各位路過報紙檔，看見旁邊放了個賣糖葱薄餅的鐵箱子，那可能是我爸爸「特許經營」的「分店」呢！日漸有生意頭腦的爸爸，最近還學會了做叮叮糖，他把叮叮糖用小膠袋包裝好，批發到報紙檔發售。以後，你路過報紙檔看見有叮叮糖賣，請你也來嘗嘗我爸爸做的叮叮糖。

他蠻有創意，自創了巧克力味、阿華田味、好立克味、芝麻味的叮叮糖，還會陸續研究新口味，各位的口福可不淺了！

有真魚翅的碗仔翅

你有沒有家人、朋友、鄰居在酒樓工作？

你知道什麼是「茶市」、「飯市」、「雀局」、「酒席」、「落場」、「下欄」、「傳菜」及「大家姐」嗎？

我知道，這些都是在酒樓工作的術語。

我知道，因為我的母親、姑母和鄰居從前都是在酒樓工作的。

告訴你吧！在酒樓早上喝茶吃點心就叫做「茶市」；午飯、晚飯時段在酒樓吃飯就叫「飯市」；晚上有人在酒樓擺婚宴、壽宴、滿月宴，就是「酒席」；公司同事、商業夥伴相約在酒樓裏搓幾圈麻將的，就叫「雀局」。

至於「落場」和「下欄」也是酒樓員工的福利。酒樓員工多是由朝做到晚的，也許會由早上六時工作到晚上十二時也說不定，因為酒樓早、晚兩輪飯市中間有空閒時段，於是便讓員工回家小休兩、三小時，這個休息時段，就叫做「落場」！

在酒樓工作的職工收入微薄，除了薪水之外，他們還可以分到茶市、飯市和酒席、雀局客人打賞的「貼士」，這些額外的打賞，在每月按照職級分給各員工，這些薪金以外的打賞，就叫做「下欄」了。

「傳菜」和「大家姐」也是某些酒樓員工的稱謂。在酒樓工作的，除了負責招待客人的侍應、負責清潔的女工、負責烹調的廚房工人之外，還有負責由廚房端菜到客人餐桌旁的職工，叫做「傳菜」，他們只負責「運送」，必定要等到侍應來，才由侍應把菜式「上桌」；管理這些「傳菜」和其他較低級員工的女工，就叫做「大家姐」。

明白了嗎？

小時候，我媽媽在酒樓裏當清潔女工，我的姑母在酒樓裏做傳菜，我的鄰居好姐，就是在酒樓工作的「大家姐」。

剛才已經説過，酒樓是有分茶市、飯市和酒席的啦！這跟當時我們這些小孩子有什麼關係？當然有關係啦！特別是關於酒席的，我們這些小孩，聽到媽媽説今晚有酒席，就會直淌口水。

那時家裏窮嘛！沒錢買什麼好菜，酒席裏客人吃剩的伊麪、炒飯、炸子雞、壽包、美點雙輝、紅豆沙，都成了我們這些小孩的夜宵美點。那時小孩子晚飯吃不飽，夜裏餓着肚子睡不了，就睜着眼睛、淌着口水，等大人從酒樓下班回來。

十二時多，一聽到開門聲，不得了！我和哥哥、姐姐、好姐的兒子，就一擁而出，去搶媽媽、姑母、好姐手上的紙包、暖瓶。結果，有人分到一、兩個壽包，有人分到炸子雞的雞胸肉，有人分到幾口紅豆沙，更多時候，是小孩們因為爭東西吃而打架，結果，每人分到大人們的一頓責打。

雖然分得不多、雖然會被責打，可是饞嘴的孩子還是愛在午夜時聚在門口爭佔有利位置。當時的我是孩子王，為了氣走其他孩子，我曾在樓下士多買來一副塑膠的殭屍牙，一看見有人影閃動，就戴上它跑出來把其他小孩嚇走。結果是：一跑出來便被媽媽一把抓住，邊打邊罵：「我這麼辛苦日捱夜捱，你竟然在我下班的時候跑出來嚇我！你這壞孩子不打不行！」

這些夜宵已經不夠我們這班小孩子分了，誰知道，還有人要把我們的一大份分去。

話說不知從哪處跑出一個舅父來，媽媽說他是從國內來的。他來到香港找不到工作，說要去當小販，說最好賺是賣熟食、小吃。於是，幾個女人在七嘴八舌商量。

媽媽皺着眉說：「你姐夫早死，姐姐沒丈夫養，子女也不夠吃的，哪有錢給你做生意！」

姑母說：「做熟食、小吃是好，也不用什麼本錢，只要找人做一架木頭車，買一個煤氣爐、一個煲、一些碗碟，可是，賣什麼好呢？你又不懂做什麼拿手小菜……。」

好姐想了又想，心生一計：「就賣碗仔翅吧！反正每夜酒席有客人吃剩的幾小碗魚翅，可以拿來做湯底，湯裏就算只有幾條魚翅也好，那是真魚翅呀！又可以把炸子雞拆成肉絲放在裏面。客人吃了有口碑，要賺錢不難！」

舅父聽了大力拍一下桌子，嚇了三個女人一跳，他大嚷：「好的，就去賣碗仔翅，我要靠賣碗仔翅發達！」

舅父的天記碗仔翅開張那天可高興了，媽媽煮魚翅，好姐拆雞肉，姑母預備碗和瓦匙，萬事俱備，舅父一聲令下，幾個人浩浩蕩蕩，帶着幾個看熱鬧的小孩開檔去了。

有真魚翅的碗仔翅確有口碑，不出幾星期，天記碗仔翅已賣出了名堂，我們這幾個跟着去湊熱鬧的小孩也不是閒着，我們幫舅父四處張望，一看見有警察來，便大叫：「差人啊！走鬼！」

舅父的碗仔翅生意愈來愈好，想大展鴻圖，可是真魚翅和炸子雞絲的供應有限，舅父不肯加水讓魚翅稀一點多賣幾碗騙客人錢，於是，又和媽媽、姑母、好姐他們商量大計。

好姐一拍大腿，又生一計：「多賣一煲紅豆沙吧！」

「紅豆沙？將我們從酒席拿回來的紅豆沙加水拿去賣？」姑母問。

「當然不能將紅豆沙加水拿去賣，我是說，向酒樓廚師們請教怎樣煮出美味的紅豆沙，然後，下星期開始，一邊賣碗仔翅一邊賣紅豆沙。」好姐說。

因為這些草根階層的勤勞和智慧，舅父的生意愈做愈大，終於開了店子。往後，我們這些孩子不必晚晚淌着口水等大人下班回來吃夜宵了，我們一肚餓，就跑到舅父的店吃碗仔翅、紅豆沙便成。

後來，姑母、媽媽和好姐也不用到酒樓上班，他們都跑到舅父的店裏幫忙。

時至今日，談到自己的發跡史，舅父也放大聲量的嚷：「我這天記起家啊！就靠着貨真價實，一碗只賣幾塊錢的碗仔翅，裏面是真的有魚翅在裏面……」

我們幾個長大了的孩子在旁邊插口：「天記賣的紅豆沙啊，也真的有紅豆在裏面……」

賣大菜糕蛋的伯伯

已經是許久許久之前的事了，其實，記憶已有點模糊。

上小學時，門前有一個賣小吃的伯伯。

夏天的時候，他賣冰凍的大菜糕。他賣的大菜糕好漂亮，是放在塑膠雞蛋殼裏面的，膠雞蛋殼有許多種顏色：紅色、黃色、橙色、綠色……七彩繽紛。其實每一種顏色雞蛋殼裏的大菜糕味道也是一樣的，可是，孩子們總是愛挑顏色的——「我要綠色的雞蛋！」、「我要紅色的那個！」、「我最愛黃色！」……

孩子可以蹲在檔子旁邊吃：拿開一邊膠蛋殼，便露出一半晶瑩剔透的水晶大菜糕來，一口咬下去，冰涼又香甜。也可以拿走回家或回學校吃，伯伯會將膠蛋殼拿走，然後把大菜糕放進透明膠袋中，透過膠袋看到裏面盛着的水晶大菜糕蛋，同樣晶瑩漂亮。

大菜糕蛋是放一個大暖瓶裏的，暖瓶裏有冰塊和大菜糕蛋。夏天裏，每天早上七點，就看見伯伯一手拿着暖瓶，一手拿着膠袋來開檔。

冬天裏，家長多不讓孩子吃冰冷東西，伯伯便會賣麥芽糖餅。麥芽糖餅是用竹籤醮了麥芽糖，再用兩塊芝麻餅把糖夾住，吃時一口咬下去，麥芽糖絲斷不了，常黏得滿口、滿手都是，這正是吃麥芽糖餅的樂趣所在，孩子們一邊吃，一邊互相取笑對方的髒相、饞相。

無論夏天、冬天，我也沒錢買這些好玩好吃的零食，只有看着淌口水的份兒。雖然沒錢買，我卻是每天早早回學校，蹲在一角看伯伯做買賣。

有一回，伯伯揮手叫我過去，跟我說：「你來幫忙幫忙吧！上課前幫幫忙，我賞給你兩個大菜糕蛋吧！」

伯伯的確是需要我幫忙的，學生一多起來，伯伯只得一雙手，忙着收錢又要把大菜糕放進膠袋，許多時候，小混蛋們會乘亂偷走幾顆大菜糕蛋，所以，伯伯用兩個大菜糕蛋僱我這個小工，終究是划算的。

受僱之後，我每天在伯伯最忙的時候，為伯伯把大菜糕蛋放進透明膠袋中，賺取每天兩個大菜糕蛋。直至秋天、冬天，我也如常幫伯伯的忙，每天早上幫他把餅夾在麥芽糖上，賺取兩塊麥芽糖夾餅。

漸漸，我的同學們也發現伯伯多了個小工。

小息時，他們會問我：「那個伯伯，是你的爸爸嗎？」或者：「你跟他一起開檔，是兩父子嗎？」

我也想答：是。也許伯伯已經很老，也許他很窮，可是，有爸爸總是好的。雖然，我不知道有爸爸是怎樣的，但於我而言，能夠告訴別人：我是有爸爸的，已經足夠了。

已經受夠了對別人説「他沒有爸爸」的經驗。

鄰座的男同學，總愛在跟我打架之後，對我說：「不服氣的話，叫你爸爸來替你報仇吧！他來我也不怕，我爸爸是做裝修的，他一定比你爸爸強壯、善戰！」

要告訴他：我沒有爸爸，我不服氣。

當因為忘了交功課、測驗不及格、跟同學打架等原因要見家長的時候，我不敢對老師説：「我沒有爸爸。」我害怕她會叫媽媽把我管得更嚴，也害怕她會説我媽媽不懂管教我。

當告訴她爸、媽都要工作，沒空來學校的時候，老師總是皺着眉頭對我説：「你這是不合作！」

也嘗試過，老實跟同學說：「我沒有爸爸。」

他們愛裝着大人的禮貌口吻說：「對不起。」

對不起什麼？因為你有爸爸，我沒有爸爸，所以要說對不起？是你把我爸爸搶走的嗎？如果讓你爸爸去選擇，他會寧願讓乖巧一點的我做他的兒子嗎？不會，你不會讓他去選，所以才說對不起吧！

已經太討厭對別人說「我沒有爸爸」，所以，有幾次，同學問我賣大菜糕蛋伯伯是不是我爸爸的時候，我沒有答是，也沒有答不是。

漸漸地，同學們都說伯伯是我爸爸，後來，連老師也這樣相信。

我終於有爸爸了。

我過了三個月有爸爸的日子，直至，那天早上下着很大的雨，媽媽追着拿雨傘給我，她邊追邊嚷，我就一直跑，希望快點跑過賣大菜糕蛋的檔子，可是，幾個同學的叫嚷聲，讓我不能不停下來。

「伯伯，你的太太來了！」

「怎麼她只拿一把雨傘，不為你們兩父子各拿一把來？」

「伯伯，你的太太比你年輕很多呢！這是媽媽說的老夫少妻嗎？還是報紙上說的忘年戀？」

媽媽看着我，一臉迷惑。

幾天之後，下課回家，媽媽對我說：「以後，你別替伯伯做小工了！」

媽媽說這話的時候，臉色很嚴厲，我「哦」了一聲，沒再答話。

此後，我無緣再吃大菜糕蛋或者麥芽糖夾餅了，而伯伯真正的太太亦在他身邊出現，幫忙開檔，再沒有人說我是伯伯的孩子了。

從此，我又回復沒有爸爸的日子。

一個月後的一個下午，我下課回家，看見書桌上放了一個小紙包，紙包裏面，竟是麥芽糖餅，我立刻跑去問媽媽：「我們怎會有錢買這個？」

那時候，我們幾乎連吃飯買菜的錢也沒有，媽媽怎會有餘錢為我買小吃呢？

媽媽淡然說：「那是人家送的。」

麥芽糖夾餅的味道跟伯伯賣的一樣，那會是誰送的？

某天早上，我早了起牀，發現媽媽已經出門了。跑到學校門口，看見伯伯和大嬸已在開檔，但檔子裏多了一個人——那是媽媽。

只聽見媽媽輕聲說：「太太，你們家的衣服已經補好了。」

大嬸說：「你真勤快啊！你又不肯收錢，我還是像之前一樣，送你麥芽糖餅吧！」

「太太，謝謝你。」媽媽拿了餅，謝過嬸嬸，轉身離開時，遇上怔怔地看着她的我。

「孩子，拿去吃吧！常餓着上課不好的！」

媽媽把麥芽糖餅塞給我，便急步離去了。

◆ ◆ ◆

麥芽糖夾餅，使我在童年裏嘗到有爸爸的感受。

長大之後，除了在母親節給媽媽送禮物之外，我在父親節也會送禮物給媽媽。

我總是對她說：「我的媽媽是你，爸爸也是你！」

當然！她母兼父職，為我付出了雙倍的愛，當然配得我送她雙倍的禮物，為她獻上雙倍的孝心。

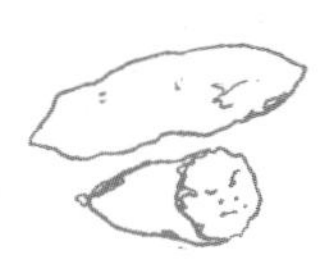

閒話家常缽仔糕

快要步進電梯大堂了，我趕緊拿出紙巾來，往嘴巴一抹。

千萬別讓姑母看見嘴邊黏着的甜醬才好。剛才走路回家的時候，路過天橋底的小吃檔，忍不住買了一串魚蛋，加添了許多甜醬，一口一粒的時候，也許嘴角會沾上甜醬，給姑母看見便糟了！

從小學開始，就有在飯前吃零食的壞習慣，午飯、晚飯莫不如此。我不把這種壞習慣歸咎於自己饞嘴沒節制，卻諉過於姑母煮的菜味道太淡。小孩子嘛，當然喜歡香濃美味、香口又有嚼頭的東西！所以，在飯前加點「前菜」、「開胃菜」，該是沒問題的。

姑母每次看見都會罵，因為，這會浪費她辛苦做飯的心血；二來，上一代的人始終認為所謂「正餐」最重要，吃零食，是會吃壞胃口的，沒營養的……

我的確曾下了決心，改掉了飯前吃零食的習慣，可是，近幾年，又故態復萌了。

當然，我再不是饞嘴的小孩子，可是，姑母煮菜的味道真是太淡太淡了。她煮的菜本來就淡淡的，加上近數年，她的身體狀況差了，高血壓加上恐怕血糖過高，煮菜用的調味料，是愈來愈「輕手」了，我又怎會吃得慣呢？

她每次見我吃得不多，就苦起臉來問我：「你喜歡吃什麼，儘管告訴我好了，我去學着做吧！」

她曾為我去弄過茄汁豬扒、炸薯條，可是……不是弄得過熟就是味道淡然，我怎忍心要沒多少牙齒，又不能吃太多糖分的九十歲老人家，為了遷就我而只吃煎炸食物、吃甜食呢！

因此，折衷做法是——每次去她家吃飯前，我又重拾了飯前吃零食的習慣。

我重拾了飯前吃零食的習慣，她也重拾了罵我吃零食的習慣。

有一次，我在她家附近的旺角街市的小店中，買了幾個缽仔糕，這小店的缽仔糕有齊傳統的款式：黃色有紅豆、沒紅豆的；白色有紅豆、沒紅豆的，還有大有細——傳統的小瓦碗大小，和更小的瓦碗一口一個。

雖然用料簡單，黃糖或白糖，加幾顆紅豆或不加紅豆，可是，它讓人喚起童年的不少回憶。無論小孩或大人，童年時誰沒吃過缽仔糕？缽仔糕還是電影中的愛情象徵呢！許多年前的電影《新不了情》就曾令沉寂了的缽仔糕風雲一時！令人懷念的，是那口小碗、那些竹籤、那種簡單的甜味。

缽仔糕加價了，不再是一元一個，而是十元四個。本來，我可以只買兩個，在由街市徒步到姑母住處的途中，把它吃清光，可是，實在想和姑母分享，實在不忍心不買兩個給她嘗嘗，於是，一口氣買了四個。

能夠有一個可以快快樂樂吃零食的童年，也全是姑母肩負起養育我們這幾個無父無母孩子的功勞，我怎忍心不和她一起品嘗這種童年美妙的小吃呢？

可是，姑母一看見這兩個缽仔糕就罵：「你吃了兩個缽仔糕，還怎麼吃得下我煮的東西？今天的菜可是我跑到很遠的菜市場去買的，走路走得骨頭也痠了，還差點在菜市場滑倒呢！」

不知道為什麼，在同一個街市為對方買的食物，會彼此不相容，會讓人引起紛爭。我看到寂寞地躺在餐桌上的兩個缽仔糕在淌淚，姑母也看着桌上的菜在歎氣。

今回學乖了，我吃了魚蛋學會抹嘴巴，至於美味的缽仔糕呢！待吃完飯回程時才買回家獨個品嘗，姑母不會察覺到我為了缽仔糕而「留肚」的。

姑母住的是一間老人宿舍，它不是安老院，而是和公共屋邨差不多的房屋。每個老人住一個小房間，幾個老人家共用同一個廚房、洗手間。

是姑母自己提出要搬來這裏的，第一，因為這裏租金便宜，姑母一直不想負累我們，害怕我們為她納貴租。第二，這裏有舍監、有看護，她說：「在這裏住，不會死了也沒人知！」

可是，人人各有不同性格，各有不同積習數十年的老人家住在一起，且共用廚房、洗手間，大小爭執在所難免，紛爭似乎是永遠也排解不了。

今天，姑母有點沉默，不如平日般一見我就囉囉唆唆。還未拿出飯菜，她就拿出一個小盤子。她放下了就沒說話，倒是我捺不住打開蓋子來看。

是缽仔糕！白色、黃色、有豆、沒豆的都有！

「你——在旺角街市買的？」我戰戰兢兢地問。

「是我自己做的！」姑母的話中帶着倔強。

此刻，我發覺姑母的雙眼有點紅腫，忙問：「姑母，你哭過麼？」

問了許多次，她也不答，只是坐在牀邊拭淚。

「你再不説，我要走了。」我站起身來裝着要走，我知道這是很有效的「撒手鐗」。

姑母軟化了，她道：「剛才為了做這些砵仔糕，在廚房裏耽久了，鄰房的幾個老人家説我霸道，又不是在做飯，幾個人合起來罵我……」

看見她委屈的樣子，我只懂説：「對不起……」

「其實，他們一早已視我為『眼中釘』，數人聯合起來對付我。前一次，你姐姐來吃飯，我叫鄰房的十一姑把洗手間的門關上，以免髒氣傳出來，她就是不肯。你姐姐走後，我和她吵了起來……此後，她就煽動其他人一起來對付我。」

聽着姑母的話，我的眼眶紅了，我激動的站起來，想衝到鄰房去與他們理論，為姑母討個公道！

正去開門，門外卻響起叩門聲。打開門，外面站的是舍監張小姐。

張小姐禮貌的問可否進來跟我談一會，然後就對我言明姑母與其他老人家爭吵的原委。

張小姐口中的姑母，說話太率直了，因此容易與其他老人家爭執，我和她相處了這些年月，又怎會不知道她的脾氣呢！聽着，也不由得點頭，佩服張小姐的觀察力。

聽了她的話，才明白先前以為只有姑母受委屈，原來，她也令其他老人家受委屈。她喜歡在其他老人家面前炫耀幾個姪女對她如何好，常來探她，不似其他老人家一般沒人理會。我們幾姐妹每次來吃飯，她也煞有介事的，讓其他老人家幾乎要「肅靜、迴避」—— 不是佔用廚房太久，就是要人關上洗手間的門，要人家讓出客廳給她用……

姑母邊聽張小姐的話，邊在旁忿忿不平地搶話說，她說老人家們都在妒忌她，聯手要對付她。

我勸說：「兩方人起爭執，怎會是其中一方全對的？人家也許有錯，但你也可能有錯的啊！怎可以一味指摘對方！」

張小姐走後，我罕有地在姑母的小房間裏逗留了個多小時。從前，我總是一吃完飯就離去，推説回家還要工作，其實是害怕姑母説起陳年舊事，或者又投訴鄰房的婆婆怎樣怎樣。

今天，坐下來好好聽她説話，跟她説了幾句與人相處之道，很奇怪，她竟不再埋怨、投訴了。再沒聽見她怪責鄰房的老人家，她平心靜氣地和我閒話家常。

離去的時候，已近晚上十時了。因為只顧談話，竟沒吃下姑母做的缽仔糕。她用膠袋裝好，叫我拿回家去吃，我卻堅持留下兩個，和她一起分享。

走在寂靜的回家路上，我拿出缽仔糕來吃，邊吃邊回憶起姑母和老人家們的紛爭。

姑母和鄰房老婆婆的爭執，也許不是鄰房老人家的錯，也許不是姑母的錯，而是錯在我們這些太忙、太沒耐性的下一代。如果我們肯付出愛心、耐心，去多聽他們的心聲，開解他們，他們的怨氣、戾氣都會少一些。

只有真誠的付出、真誠的愛，才能夠化解怨氣與戾氣，也會讓這世界變得更祥和、美麗。

姑母做的缽仔糕出乎意外地好吃，雖然味道是淡淡的，可是清而淡的甜味裏面，卻有着她的耐心與愛心。

這些缽仔糕比在街買的都要好吃。

下一回到姑母家吃飯，要再待久一會，跟她說說我對缽仔糕的體會——生活中的瑣碎事、煩惱事、小爭執，就如缽仔糕裏的幾顆紅豆，加了進去，會令甜甜的缽仔糕吃下去時有更豐富的味覺感受。

知足常樂豬腸粉

「你放在我這裏的東西，什麼時候拿回去？」

大姐打電話來，劈頭送上這樣一句。

我想了大半天，也想不出我有什麼東西放在她那裏。

「放在保險箱裏的東西呀！」她在電話裏嚷着。

保險箱裏的東西？我更摸不着頭腦了。

「是媽死後留給我們的東西呀！」她説。

有嗎？我的記憶已經很模糊了……。

數天後，姐姐交給我一個小膠袋。

回到家裏，我把膠袋裏的東西倒出來，裏面有幾顆玉鈕扣，一條很粗的足金項鏈，項鏈還串上一個純金的心形吊墜。

我拿起鏈墜來看，鏈墜的一面，有兩個仙桃形的圖案，這大概是吉祥的象徵吧！鏈墜的另一面，刻了一朵花，旁邊還有「快樂」兩字。

母親特意把鏈墜留給我，是希望我快樂嗎？我卻一直沒留心過她的遺物裏有什麼東西，這條項鏈和鏈墜，我還是頭一回看見。

再翻翻其他物件，原來還有一隻同樣刻有「快樂」兩字的金指環。看來，這個指環和那鏈墜是一套的。

項鏈、鏈墜和指環的款式都很舊了，在現在的金舖裏該再找不到同樣的款式。我在猜想，這是外婆留給母親，母親再留給我，這樣一代一代流傳下來的祝福嗎？抑或是母親省吃儉用把這些買下來，希望我每次戴上它們，也提醒自己：「要快樂」？

母親已不在人世，要找人問個明白亦不易，但我卻肯定，這是她留給我的祝福，她叮囑我：「要快樂」！

父親早逝，母親身兼父職，她每天辛勞工作養活我們幾兄弟姊妹。

在我讀小學的時候，母親因為家務繁忙，沒空送我上學，我總是獨個兒上學去。幸好學校只在家的對面，母親每朝早總是叮囑我：要等交通燈的「紅公仔」變成「綠公仔」，才可以過馬路，而她，總是站在窗前看着我過了馬路，進了學校，才放心忙家務去。

母親也沒空為我們弄早餐，因為到附近麪包店的路途較遠，她總叫我在家樓下的「車仔檔」吃豬腸粉做早餐。

那時的豬腸粉兩元有四條，母親每朝早給我兩元，讓我在那小攤檔吃早餐。

每天都是豬腸粉，我早吃膩了，而且，只是一條條白白的豬腸粉，加了油和豉油，對小孩子來說是太不繽紛、太沉悶了。

賣豬腸粉的小車仔檔，還兼賣魚蛋和豬皮、蘿蔔，豬腸粉加上魚蛋、豬皮，比只吃豬腸粉美味、吸引得多。

有一天，上學前，我伸手問母親：「以後，每天可以多給我一元嗎？」

她問：「為什麼？」

我説：「因為我想吃豬腸粉加豬皮、魚蛋。」

母親看了看錢包，猶豫了好一會，才對我説：「可是，你哥哥和姐姐，每天都只有兩元買早餐吃呀！而且，每天多一元，一個月，就得多花 30 元……。」

聽着聽着，我知道她是不會多給我一元的了。

那天，我帶着失望與對母親的惱怒上學，再在家樓下吃那味同嚼蠟的豬腸粉，這回，我感到更難吃了。

有一次，母親休假不用上班，不知道為什麼，特意放下了家務來送我上學，還和我一起在車仔檔吃早餐。

她和我各要了四條豬腸粉。豬腸粉來了，她在我和她的豬腸粉上都放了許多甜醬和麻醬，還在上面加了芝麻，然後對我說：「你看，簡簡單單的豬腸粉也可以很豐富、很好吃。」

我嘗試把豬腸粉醮上大量甜醬、麻醬來吃。不知道是不是因為母親在身邊，我感到這天的豬腸粉特別美味。

母親邊吃着邊對我說：「媽年幼時家貧又遇着打仗、災荒，有東西吃已經很好了，如果當時有這樣可口的豬腸粉吃，已經是人間極品了！我常教你不要糟蹋食物，就是這個緣故。」

「你常要我把飯碗裏最後一顆米飯也吃完，又從不把吃剩的菜倒掉，也是這個原因嗎？」我問她。

「對啊！從前你婆婆還不許我們在吃飯後說一個『飽』字，她總說：『有吃的就好，嚷什麼飽！會折福的！』」

那時的我，不明白什麼是「折福」，也不很明白為什麼不可以說飽，只是靜靜的邊聽母親說的話邊把豬腸粉吃完。

「其實，簡簡單單的生活已經很好，簡單的粗茶淡飯也很美味。可以和家人在一起，平平安安，就算每天吃什麼調味料都不加的豬腸粉，也是快樂的，你明白嗎？」

我怔怔地看着她搖頭，當時的我，實在不明白媽媽的話。

到了今天，跟許多香港人一樣，經歷過九七回歸、金融風暴、失業風潮與「沙士」大災難……，我終於明白了媽媽的話——簡簡單單就是快樂，平平淡淡也是幸福。

我把刻上「快樂」二字的鏈墜從足金項鏈上除下來，一兩重的金項鏈，對我來說是太招搖了。我把鏈墜和金指環套在常戴的項鏈上，打算以後每天也戴着它，甚至洗澡也不除掉，讓母親每時每刻提醒我——「要快樂」。

戴上了項鏈，我離開家門，漫步到家附近花園街上的小食店，坐下來向店員嚷：「一碟豬腸粉！」

「要加燒賣、粉果或者魚蛋嗎？」店員問。

我微笑着搖頭。

店員端上豬腸粉，上面已添上了甜醬和芝麻醬，簡簡單單的調味料，已令豬腸粉變得又甜又香。

豬腸粉加上刻上「快樂」的鏈墜，它們時刻提醒我：簡簡單單就快樂。

人只要知足、惜福，就會天天快樂。

第二部分寫作建議

寫作題目一：「假設童年居住的地方，現已有了很大的轉變，寫出重遊舊地時的心情。」—— 參考〈杏仁糊的遺憾〉

〈杏仁糊的遺憾〉故事的開頭由主角重遊舊地寫起，以舊地舊物的描述帶出對往事的緬懷，可參考其中寫作手法去寫作這建議題目。寫作時別忘記帶出舊地由從前到現今的轉變。

> 小時候，住在公共屋邨。
>
> 那時候在屋邨空地擺賣的管制沒有現在那麼嚴格，某些有利位置，時常聚集上七、八檔小吃檔，通常是下課、下班的時段吧！小吃檔有賣生菜魚肉、碗仔翅、牛什、糯米飯、魚蛋、糖葱餅、龍鬚糖的，大人下班會在這裏先吃點什麼才回家，小孩子、學生嘛，口袋裏一有零錢就會在這裏打轉。
>
> 在這裏開檔賣點什麼的人當中，有夫妻檔，二人同心合力，真箇其利斷金；有一家大小出動，父母負責烹調、孩子負責洗碗、「打包」的；也有祖孫三代齊心協力的「大檔子」；當然，還有只是一個人做買賣，做獨腳戲，令客人不免要多等一會的「個體户」。

曾幾何時，這片屋邨空地的某一角落，多了一個賣糖水的張大嬸。她沒有多餘的器具，只有一架木頭車、兩個大暖瓶和瓦碗、瓦匙、膠碗、膠匙。兩個大暖瓶，一個盛了芝麻糊，一個盛了杏仁糊。

寫作題目二：「我的家庭樂」—— 參考〈有真魚翅的碗仔翅〉

在〈有真魚翅的碗仔翅〉的故事中，有不少寫家庭樂的筆觸，如寫孩子等待家長下班帶回美食的樂趣，寫孩子和他們的舅父説笑的片段，寫作「我的家庭樂」時，可以此作參考。

十二時多，一聽到開門聲，不得了！我和哥哥、姐姐、好姐的兒子，就一擁而出，去搶媽媽、姑母、好姐手上的紙包、暖瓶。結果，有人分到一、兩個壽包，有人分到炸子雞的雞胸肉，有人分到幾口紅豆沙，更多時候，是小孩們因為爭東西吃而打架，結果，每人分到大人們的一頓責打。

雖然分得不多、雖然會被責打，可是饞嘴的孩子還是愛在午夜時聚在門口爭佔有利位置。當時的我是孩子王，為了氣走其他孩子，我曾在樓下士多買來一副塑膠的殭屍牙，一看見有人影閃動，就戴上它跑出來把其他小孩嚇走。結果是：一跑出來便被媽媽一把抓住，邊打邊罵：「我這麼辛苦日捱夜捱，你竟然在我下班的時候跑出來嚇我！你這壞孩子不打不行！」

……

時至今日，談到自己的發跡史，舅父也放大聲量的嚷：「我這天記起家啊！就靠着貨真價實，一碗只賣幾塊錢的碗仔翅，裏面是真的有魚翅在裏面……」

我們幾個長大了的孩子在旁邊插口：「天記賣的紅豆沙啊，也真的有紅豆在裏面……」

寫作題目三：「檸檬茶」—— 參考〈分享童年的豆腐花〉、〈甜中帶酸的白糖糕〉

檸檬茶這種飲品的類別頗多，有熱的、冷的，有罐裝、樽裝、盒裝、杯裝，我們喝它時的味覺也頗豐富，有甜、酸、苦、澀……，喝下去更兼得檸檬和茶的養分、益處。試參考〈甜中帶酸的白糖糕〉一文中，針對白糖糕的特點，並穿插一些回憶片段帶出感受，以〈檸檬茶〉為題，寫作借物抒情的文章。

其中最平凡的，可說是白糖糕了吧！白白的、扁扁的，不甜不淡，不軟不硬，只是……比白開水多了那麼一點點咀嚼口感的糕點。

不知道他喜歡吃哪一種，所以，每天每一種也會買一些，白糖糕，總是最後選擇。

但他卻最愛吃白糖糕。

問他為什麼那麼喜歡吃，他道是：簡單、方便。

拿起了塞進口裏，便可以一邊吃一邊工作。它的好處是沒放太多糖、不黏手，吃罷不用洗手就可以繼續點算、執拾書本。

它不甜不淡，吃了不需因為口裏太黏，急着去找水喝。

原來，不濃不淡、不特別，也是讓人喜愛的原因。

他還說：「你有沒有嘗到——白糖糕其實有點淡淡的酸味？」

「是嗎？那又如何？」我反問。

「淡淡中微微有一點酸味，這就叫——耐人尋味了吧！」他答得好「玄」。

雖然他挑了我不喜歡的白糖糕，但我看他吃得津津有味的樣子，感到十分溫暖。

中國式的小糕點總帶給人家這樣的感覺。

寫作題目四：「珍貴友情失而復得有感」——參考〈同學們，我們來吃煨番薯〉

在〈同學們，我們來吃煨番薯〉的故事中，主角的學生因誤會而對她不理不睬，令師生間關係變差，在我們的現實生活中，亦有機會因誤會而與好友鬧翻，甚至令我們失去珍貴的友誼。試將這種經歷寫出來，內容別忘記要令讀者感受到這段友誼如何珍貴，而且緊記不要只顧寫這段友誼如何失去，要重點寫怎樣失而復得，再帶出感受。寫之前可參考以下〈同學們，我們來吃煨番薯〉中的片段，看看其中寫主角和她的學生的師生情誼怎樣「失而復得」。

> 有一回，我看見小敏在吃煨番薯，吃完以後，她看着又黑又髒的雙手笑了起來，我也笑了，心裏暗想：「多羨慕她呀！」
>
> 可是，第二天下課時，她竟對我不瞅不睬，一改以往的愛笑愛鬧。學生都說，因為她在街邊吃零食，被訓導主任記了個缺點。那天之後，不知道為什麼，我班的孩子們也開始對我冷淡了許多。
>
> 我想，也許他們以為是我檢舉小敏的吧！為了「避嫌」，我故意繞道回家，不再經過那些小吃檔。
>
> ……
>
> 坐在樹下閒着的時候，遠處飄來一陣熟悉的香氣，那是……煨番薯呀！
>
> 雖然眾老師的口水長流，但礙於尊嚴，我們誰都不敢往學生那邊，倒是訓導主任「身先士卒」！他走向我班的學生，和他們聊天，還跟小敏說：「愛吃煨番薯的話，自己烤來吃好了，那次駕車經過，看見你吃煨番薯吃得髒兮兮的，真有損校譽呢！」
>
> 不久，數名我班的學生吵嚷着跑過來，他們遞給我一團用錫紙包裹着的東西，小敏對我說：「Miss Chow，這是我們給你的。對不起，我們誤會了你是『二五 Miss』呢！」
>
> 我打開錫紙一看，感動得想哭，那是——熱烘烘、香噴噴的煨番薯呀！

第三部分

糖果

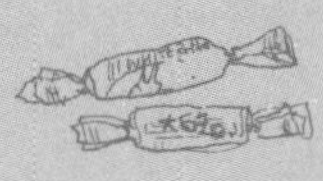

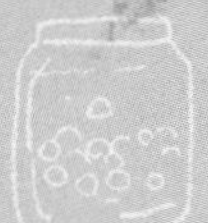

十年如一日的大白兔奶糖

小晴只會在月中之後那一個多星期才到爸媽開的小茶餐廳打轉，媽媽總在月初給她零用錢，一到月中，錢已用得差不多了，她才不情不願地回茶餐廳吃飯去。

這間位於石硤尾和深水埗交界的小茶餐廳，連名字也帶點土——雙喜茶餐廳，唉，土得令小晴不敢告訴同學。

茶餐廳開在深水埗、石硤尾區有什麼賺頭？小晴聽説過，深水埗區是全香港經濟環境最差劣的區域之一，也是最多綜援阿伯、最多籠屋的區域，不是嗎？她家的茶餐廳七、八成的顧客都是阿伯，一進去，就嗅到老人味、藥油味、廉價香煙的煙味，還夾雜着咳嗽聲，老人在扮有見地的爭論政事、國家大事的嘈吵聲。

在這個區裏，比較像樣的商場也只有西九龍中心，賣的也不是什麼潮流物品，較著名的街道如鴨寮街等，都是賣些廉價物品，所以小晴從來不屑在這個區逛，她只會逛旺角。唉，在這區開店有什麼出息呢？如果開在黃金、高登商場還好，起碼那邊人流旺，有區外人來購物，一個午餐、茶餐也可以賣貴一點。可是，爸媽偏要選在石硤尾街市附近的南昌街開業，光顧的都是阿伯，走進茶餐廳，彷彿時光倒流七十年，每次回來，小晴都感到十分自卑。

茶餐廳最出名的是「招牌餐」，又稱「十元餐」，一個餐只收十元，已有鮮油餐包、火腿通粉及咖啡或茶，雖然分量不大，卻絕對物超所值，阿伯進來，最愛光顧的就是這個餐，而且一坐就是一、兩個小時，看報聊天，這裏就像是他們的家。

這樣價錢的套餐，就算每天能賣五十個、一百個，又能賺多少？但媽媽說，要體恤這區的老人家，為他們着想。來光顧的多是領綜援的老人，有些交了房租，每天三餐也成問題，賣這種「十元餐」，總算是個幫忙吧！老人家退休，無事可幹，也沒地方可去，讓他們坐久一點、聊聊天又有什麼相干？

那我們賺什麼呢？

媽媽說，賺夠交租、買貨的錢，賺回她和爸爸的人工，夠我們一家四口簡簡單單過日子就心滿意足了。

那我們不如乾脆開辦善堂、老人中心算了。

媽說：那我又沒這麼偉大，既然沒空去做義工，在這裏好好對待來光顧的老人家，就算是回饋社會了。

她真像個義工，住在附近的阿婆來「惠顧」十元，她就給人家大大碗通粉，還盛一大盒飯、加幾個麵包給她拿回家去。

「這老人家靠微薄的『生果金』過活，還要拾紙皮、鐵罐來養活小孫女，也怪可憐的，所以每次她來，就給她些飯菜、麵包，讓她拿回家給孫女兒吃。」媽媽這樣解釋。

那些阿伯常在餐廳裏裝作幫忙招呼客人，倒倒茶、傳幾個餐，就在這裏白吃白喝，媽媽也由他們，只說：「都是老街坊了，他們也是『手頭不便』才這樣，就由他們吧！」

小晴也見過那些阿伯向媽借錢，媽媽多的不會借，十元、二十元她總會慷慨借出去，也從不會向那些阿伯討還。

小晴不想回來，一半原因是這餐廳太殘舊、太多阿伯，另一半原因，是她看不過眼媽媽太良善、太不懂賺錢了。

爸爸也是一個與世無爭的人，只顧在廚房裏由早做到晚，他的口頭禪是：「隨便啦」、「問你媽媽吧」、「平平淡淡、安安樂樂、與世無爭就最好……」。

在小晴眼中，爸爸是一個最沒「個性」的男人，除了工作，他最大的娛樂就是晚上在餐廳裏和附近的阿伯打麻將，即使輸的也只是區區數十塊錢，日日如是。小晴發覺，才四十多歲的爸爸，已經被那些阿伯同化，連外表也變得愈來愈「阿伯」了。

小茶餐廳裏的陳設也是數十年如一日，發黃的牆壁，幽暗的燈光，一坐下去就會發聲的木卡位，還有方桌、鐵椅。十多年來，就只換過卡位、鐵椅的皮，由啡色轉了深藍色，那甚至不是真皮，只是些塑料布而已。那些桌子及椅子用了十多年，媽媽才肯大破慳囊換了它。

餐廳門口是一個木製的付款櫃檯，媽媽就在這裏邊吃她的午飯或晚飯邊收錢的。因為她不太緊張錢，所以不像別的餐廳老闆娘般，駐守在付款櫃檯裏半步不肯離開，總是有人走近叫她結帳，她才不知從哪裏跑出來。有時工作忙，如果不用找贖的話，她乾脆叫客人把錢放在櫃檯上算了，她倒肯信人，老說：「街坊生意嘛，他們騙得你多少回！」

這付款櫃檯上，放着一個小膠碟，碟上放滿大白兔奶糖，是媽媽用來哄那些公公、婆婆帶來的小孫兒的。

每次小晴回來，媽媽總叫她拿一些大白兔奶糖去吃，小晴不肯，她愛說：

「這糖包裝和款式這麼『土』，味道也沒什麼特別，總是淡淡的，有啥好吃？」

「可是，你小時候不是最愛吃的嗎？你讀小學的時候，上學時會拿幾顆放在校服的口袋裏，下課回來又馬上嚷着要吃，怎麼現在不愛吃了呢？」

媽媽不了解小晴，每次這樣對小晴説完，她也會拿起一顆糖來吃，邊吃邊説：「淡淡的甜味，香軟的口感不是挺好嗎？真正愛上的東西，總是數十年如一日，不會變呀！」

數十年如一日？那真是天方夜譚，現在的潮流一、兩個月就變，人們的品味也轉得極快，數十年如一日？那豈不變了「化石」，不悶死才怪。

沒變化、只有沉沉暮氣，也是小晴不愛回來的原因。

她記起念中一的時候，有一個同學要跟她到這小餐廳來參觀，但那同學一進門就大嚷：「哎，我還以為你家開的是什麼大餐廳，你就像那間什麼『扒中之霸』餐廳的太子女那麼風光，原來只是家專做阿伯、阿婆生意的殘舊小茶餐廳，還説要請我在這裏吃大餐，我才沒膽量吃哩！這裏髒髒的，準會有老鼠、蟑螂，食物中毒可大件事了！」

那次之後，小晴發誓不會再帶同學回來，就讓他們以為她家開的是一家大餐廳算了。

她想起童年時每天總在這裏的「卡位」中做功課，一些阿伯、阿婆都愛逗她傾談，如今，想起他們身上的藥油味、老人味，她就會打冷顫。

所以，除非是到了山窮水盡沒錢用，她不會回這小茶餐廳來，更不要説回來幫忙了，每次回來，她也擔心被同學看見。

這次回來，小晴除了吃午飯，還因為要等阿志。阿志是雙喜茶餐廳旁邊的A1小食店老闆的兒子，人們都説同行如敵國，茶餐廳和小食店總會有競爭的，但小晴的父母和阿志的父母卻感情很好，阿志小時候也常到茶餐廳來玩，和小晴一塊兒做家課。

阿志的樣子長得不錯，還是區內名校學生，可就是不懂打扮，穿着太普通、不夠「潮」、不起眼……。阿志待小晴也不錯，可是小晴喜歡打扮前衛、帶點不羈、愛花錢的男孩，不會把阿志放在眼裏，總是有事情要找人幫忙時才想到他。

阿志來了，小晴把他叫到一邊，對他説：

「有事情要找你幫忙。」

「什麼事？」阿志問。

「想借你的家一用。」

「借我的家一用？不是搞派對、『大食會』吧？你知道我媽愛乾淨，不喜歡人家弄到亂糟糟的。」

「不會弄得亂糟糟，只是借來換衣服。」

「換衣服？」

「對啊，我和幾個朋友出去玩，要找個地方一起換衣服、打扮一下。」

「為什麼不回你自己的家中換？」

「我的家太小、家具太殘舊了，讓我的朋友看見，不給他們笑死才怪，我的打扮走在潮流尖端，友伴都跟隨我、模仿我，不能讓他們知道我家是何等模樣。你家剛裝修不久，你媽又買了許多新家具，就借來用一下！我保證不會弄髒弄亂的！」

「這個……」

小晴知道阿志樂於助人，他一定會答應的，她從口袋裏拿出剛才媽媽塞給她的大白兔奶糖，給了阿志，說：「答應我吧！我請你吃糖。」

阿志從小到現在也喜歡吃大白兔奶糖，小時候，小晴會和他爭吃，現在不會了，全部給了他也可以。

阿志勉強應承，小晴約了幾個同學上了阿志家，阿志恐怕媽媽回來看見，還守在家樓下通風報信。

他足足呆等了五十分鐘，才看見小晴和數名十五、六歲的女孩子下來，他們全都穿了日本流行的 Lolita 服，黑色、白色的喱士裙，路人為之側目。

阿志把小晴拉到一角，問：

「你這是怎麼搞的，作這種奇裝異服的打扮，多嚇人，給你媽媽看見，不嚇死才怪！」

「這是 Lolita 流行打扮，可以突出自己、表現自我，有什麼不好？有數款衣飾還是我自己參照日本時裝雜誌設計的。你不要這麼守舊好不好？」

「要穿這樣的奇裝異服才能突出自己嗎？努力讀書，找到一己專長，不就可以表現自己的才能了嗎？」

「要讀完中學，辛辛苦苦考公開試，又要讀幾年大學，然後實習加苦讀才可以做什麼醫生、律師，這才可以出人頭地！這條路太漫長了，也太浪費青春。我們應該趁年輕、有好的條件，就趕快走捷徑，務求最快走上成名之路。你看張栢芝，年紀輕輕已經可以住豪宅、駕名車，還可以養活一家人。我只有十六歲，沒有資格參加港姐、亞姐之類，但我會和朋友組隊去參加『殘酷一叮』，會去參加歌唱比賽，一旦成了名、有了機會，就可以備受萬人仰望，不用再過平凡生活、住殘破的舊房子了，這又有什麼不妥？」

「怎會有這麼容易的事！雖然你的外表條件不錯，可是也不能單靠外表……」阿志勸説。

「有外表就夠了，而且，我懂得打扮，我這幾個朋友也因為我夠潮，對潮流觸覺敏鋭，又懂打扮，才跟我做朋友的，他們像對偶像一樣的崇拜我，追求我的男孩子也愈來愈多，他們難道是因為我的內在美才在我身邊打轉嗎？阿志，你太天真，也太死板了，所以，你才十年如一日，還在吃這種大白兔奶糖！」

小晴説着，在阿志的口袋裏掏出幾顆大白兔奶糖，塞在他手裏。

「在其他年輕人吸煙後嚼口香片來鬪味，到銅鑼灣二樓咖啡店約會，在尖沙咀的酒吧『劈酒』的時候，你還是留在這深水埗的小快餐店吃大白兔奶糖，真笑死人！這是什麼年代了？你還是這樣的抱殘守缺死讀書，那麼，繼續吃你的牛奶糖去吧！」

旁邊的幾個少女，聽到小晴的話，也哄笑起來，他們沒再理會阿志，向地鐵站方向走去。

「剛才那個男生，是你的男朋友嗎？」一個女孩問小晴。

「才不是哩！只是小時候認識的書呆子。」小晴答。

「他的樣子倒不錯，只是打扮太平凡，你就花點力氣改造他一下吧！」另一個女孩說。

「我才不會為那書呆子白費氣力，他那麼小心眼，有空只會打球、去圖書館、上教會，和他一起，不悶死才怪！別說他了，我們該談談我們的大計。」小晴一臉認真的說。

「大計？我們現在不是去銅鑼灣逛街嗎？」一個女孩問。

「我是說下個月我們去參加少年偶像歌唱比賽的事呀！為了突出自己，我們這一隊不能再穿 Lolita 服，原先為我們的樂隊改的名字 Lolita 也不能用了，我們要改名 Nana，要作 Nana 打扮，這才夠前衛、夠觸目。」小晴發揮她的首領本色在解說。

「Nana 的打扮？聽是聽過，但我也不太清楚。」

「在日本，Lolita 的打扮已有點過時，現在流行 Nana，Nana Look 就是以黑皮褸、銀項鏈、黑色魚網絲襪、超短裙作打扮。當然，也要塗上深色的眼影和梳一個 Punk 頭，這就是現在最追上潮流的打扮。現在的時裝潮流一兩個月就變一次，我們不趕快追上就會落後。我們這一次參加少年偶像歌唱比賽，是不容有失的，我們全隊人也作 Nana 打扮，一定會令全場觸目。就算我們的歌唱得不夠好，我們的打扮，也一定會成為傳媒報道的焦點，說不定會有唱片公司、經理人呀什麼的，發掘我們，和我們簽歌星合約哩！那我們踏上成名之路不是更快嗎？」

「嗯，我們要學習作 Nana 打扮吧！」

「一會還要去旺角看 Punk Look 的服裝哩！」

可是，小晴並不能如願參加少年偶像歌唱大賽，在比賽前一星期，小晴身上長滿了紅斑，皮膚上還出現銀白皮屑。

媽媽帶她去看醫生，醫生告訴她，她患了牛皮癬。

「牛皮癬？這是什麼怪病？現在我全身長了紅斑，怪難看的……想不到，連名稱也這麼難聽。醫生，我為什麼會患上這怪病的？」

「牛皮癬這病的原因至今未明……。」醫生解說，「情緒問題也是患病的原因之一，譬如壓力太大，情緒不穩、心情緊張等，也是病因。」

小晴想，這陣子為了歌唱比賽，心情的確十分緊張，也有好幾天晚上緊張得睡不着覺，會是這原因引發了怪病嗎？

「那什麼時候可以復原？我一定要快點治好它啊！」小晴嚷着。

「牛皮癬是一種慢性病，到現在還沒有完全根治的方法，只能靠吃藥令病情緩和，而且它的復發率也是很高的，但也有病人因為心理狀況改善了，牛皮癬不藥而愈的。」

「那怎辦？我必定要在一個星期內治好它啊！」

小晴的盼望並沒有達到，吃了很多藥，她身上難看的紅斑也沒有退去，她甚至因為外表太難看而沒有上學，外表對她來說，太重要了。

她的朋友也來看過她一次，但被她的模樣嚇怕了，又害怕被她傳染，所以見過她一次之後，沒有再找她。從前那些追求她、在她身邊團團轉的男孩，聽聞她患了這怪病，連問候的電話也沒來一個。

她打電話追問 Nana 隊的其他成員為什麼不再找她，其中一名女孩說，他們已經找了人替代她，並會如期去參加比賽。

「什麼？你們自己去參加比賽？你們怎可以不等我？你們太沒義氣了！」小晴十分憤怒。

「朋友如潮流，一、兩個月已換了一個世代，正如你常說的，難道要十年如一日嗎？太納悶了吧！你拿塊鏡子照照，你現在這樣子怎能和我們一起去參加比賽？人家會以為那是『怪物合唱團』哩！」她竟對小晴說出這樣難聽的話。

小晴徹底被擊倒了，她才十六歲，難道一輩子帶着一塊塊紅斑活下去嗎？

她把自己困在家裏，沒勇氣出去見任何人，直至某天，媽媽帶來一個人，也為她帶來了希望。

「這是琴美姐，小時候住在我們餐廳附近，常來我們餐廳的，你該見過她。」

「琴美姐？」小晴記不起來。

「小時候，我常跟婆婆到你們的餐廳吃『招牌餐』，我讀中學的時候，你才讀幼稚園，那時的你愛吃糖，可是，你很大方，常請我吃大白兔奶糖。」琴美說。

「真的嗎？也許因為那時年紀太小，我記不起來了。」小晴說。

「她是嬌婆的孫女呀，嬌婆你記得吧！」媽媽說。

嬌婆？小晴記得大概五、六年前，嬌婆還是每天到她家的茶餐廳光顧的。

「幾年前，琴美當上了中醫，沒有再住在那舊唐樓，和嬌婆搬到美孚新邨了。」媽媽說，「嬌婆聽老街坊說你患上了牛皮癬，就硬要琴美來看你。」

「可是，你的中醫館今天不用開診嗎？到你的醫館看病也可以呀，為什麼要勞煩你親自來？」小晴問。

「醫館休息半天有什麼關係，就因為是雙喜茶餐廳李太太的女兒有病，我休業一天也一定要來。小時候，我由婆婆照顧，婆婆只靠那份綜援養活我，生活捉襟見肘，全賴你媽媽每天給我們一大袋麵包、一大盒飯菜，十年如一日的關顧我們，我們才不至於捱餓。你媽媽由年輕時開始，已經那麼照顧一班老街坊，我特意來為你看病，也未能報答她當時幫忙的十分之一哩！」琴美這樣說。

小晴聽了琴美的話，再看看身邊的媽媽，此刻，有百般滋味在心頭。

「我給你開藥方和藥膏，你依着服用，放心吧，前陣子中大已找到治療牛皮癬的有效方法，你的情況不算嚴重，該很快可以好起來的。」琴美為小晴把脈後，好言安慰她。

中藥的藥性比較溫和，小晴還在家裏多耽了好幾天。這些日子以來，她身邊的朋友也不是全都跑掉了的，至少，阿志還常問候她。小晴嫌自己的模樣難看不肯見他，阿志卻常發送電郵鼓勵她，也常轉寄一些勵志的、有意思的文章給她看。

其中一篇給小晴印象最深刻的，是一個原本很年輕漂亮的女孩子，因為車禍毀了容，可是，她沒有怨天尤人，也沒有放棄自己，卻仍能因為家人對她的愛、上帝對她的愛而感恩。她説：劫難也可以變成祝福，在患難中學會堅強，苦痛之中，會得着人生的啟示。

轉寄來的郵件中有女孩子毀容前後的相片，小晴想：如果自己像她一樣，由那麼漂亮變成那麼難看，還能夠不放棄、還能夠為此感恩嗎？

她又想：自己這次的小劫難，又會變成怎樣的祝福？會讓她學會些什麼？為她帶來什麼人生啟示？

一個星期之後，小晴身上的紅斑已逐漸減退，她可以重新回學校上學了。復課的第一天下課後，她罕有地回到茶餐廳，還主動幫忙招待客人。

阿志下課後趕來看她，看到她竟肯在茶餐廳裏辛勤工作，他笑了，為了獎賞她，他給她一顆大白兔奶糖。小晴笑着拿了糖，也吃起來。

「其實，大白兔奶糖也不是沒改變過的，我上網看過資料，大白兔奶糖也曾經有咖啡、拖肥、花生鳥結、鮮果和奶油話梅等新味道，可是，還是這原本淡淡奶香的味道最受歡迎，因為牛奶味的奶糖好吃又有益。有時，美好的東西可以歷久常新，十年如一日，平淡一點也沒什麼不好啊！」

小晴吃完一顆，又拿起另一顆來吃，她想——要好好咀嚼、品嘗這十年如一日的味道。

偷來的聰明豆

素芬向來怕到醫院去，特別是這間離家最近的廣華醫院。

醫院，總給她不祥的感覺，因為，爺爺就是進了這醫院之後，就沒再出來。

這次，她卻是逼於無奈又來到醫院。甫踏進電梯，那陣消毒藥水的氣味已叫她差點窒息，沒錯，現在醫院裏的各種設施，已比數年前爺爺住進來時更完備，醫院裏各工作人員的態度也改善了不少，然而，醫院給她的恐怖感覺，卻沒有絲毫改變。

仍然是五樓東翼的男病房，這是何其巧合？爺爺當時住的，也是五樓東翼，而且，也是因為患了鼻咽癌要住醫院的，難道癌症是會遺傳的？叔叔説：不算是遺傳，而是患癌症的機會是受遺傳基因的影響，我們身體的某部分器官容易受癌細胞的襲擊吧！

因為媽媽要上班，弟弟年紀太小不方便來，所以，每天下課之後，都是素芬一個人來探爸爸。她每次都是兩手空空的來，當然，只有十一歲的她不懂煲湯，也沒錢買水果，爸爸説，她每次來告訴他一點關於家裏、學校裏的事情，和他聊聊天已足夠了。

這天來到醫院，爸爸有氣無力的對她説：

「該還有大半個月就考試了，下課後多在家裏溫習吧，別來了，等考完試再説吧！」

聽見爸爸這話時，素芬的雙眼已紅了一圈，從前，爸爸遲了下班她也會撒嬌，現在，不能每天等爸爸回家，甚至連來醫院見他也不可以嗎？

爸爸勉強撐起身子坐起來，拉開病牀旁邊的抽屜，摸出了兩個十元硬幣，遞給素芬，説：

「爸爸已經好幾個星期沒給你買聰明豆了，你拿了這20 塊錢自己去買吧！買了不要一次過吃完，要分開幾天吃，多吃對牙齒不好啊！如果你怕弟弟要搶來吃的話，你就不要讓他看見，當然，如果你想分給他的話，可以給他和你自己各買一盒的，這 20 元該夠買兩、三盒的……。」

看見素芬沒説話，爸爸問：

「怎麼了，20 塊錢不夠嗎？我再看看抽屜裏還有沒有其他硬幣吧！」

素芬咬着嘴唇搖搖頭，淚珠已經不聽話的從她的臉龐上滾下來了。她馬上把淚珠拭去，不想讓爸爸看見。她記起，爸爸抽屜裏的硬幣，是媽媽上次來探他時放進去的，放進去時，媽媽還叮囑爸爸說：「這些硬幣我放在這裏，你想要買什麼日用品，或者想吃點什麼，就請醫院裏的阿嬸為你到下面便利店去買吧！記住啊，我就放在這裏了。」

媽媽每天奔波於家裏、工作地點和醫院之間，還要為這些微小的事憂心，但自己對她卻一點也幫不上忙。爸爸在醫院裏又電療又化療的，還惦記着幾星期沒為她買聰明豆……，聽了爸爸的話，看着手上的兩個十元硬幣，素芬難過極了。

「素芬，在學校裏不開心嗎？還是媽媽太忙了忘記給你零用錢？你告訴爸爸好了，別憋在心裏難受啊！」

素芬還是搖頭，這陣子生活縱有不開心、不如意，她又怎可以像從前一樣向爸爸媽媽撒嬌、傾訴呢？她知道媽媽已經為了爸爸的事，煩惱得不得了，爸爸為了這可惡的病，也吃了不少苦頭，怎好再加添他的負擔呢？

「爸，我不要，這些錢你自己留着吧！」

「為什麼？你不要買聰明豆了嗎？你以前少吃一天也不開心的啊！」

「不，現在不愛吃了……。」素芬低聲説。

「怎麼會？以前素芬説不吃聰明豆就不再聰明，會變成蠢孩子，不懂得做功課了。」

由讀小學一年班開始，因為素芬讀的是下午班，下課時間爸爸剛下班，爸爸每天也會接她下課，回家經過樓下的士多，總會為她買一盒聰明豆。

回到家裏，爸爸會把聰明豆放在素芬的書桌上，對她説：「做完功課才可以吃啊！」

「不，沒吃聰明豆就不聰明，不懂得做功課了。」

素芬總是這樣説，疼愛她的爸爸也總是説她不過，會先讓她吃幾顆，才開始做功課，那時年紀小小的素芬，總是一邊吃一邊看電視播出聰明豆的廣告歌。

素芬現在已經十一歲了，爸爸還是一樣寵她、哄她，只是，後來爸爸患病要住醫院，給她買聰明豆的習慣才停止了。

臨離開醫院的時候，素芬想再問爸爸，她真的要等考完試之後才可以來嗎？可是，她知道爸爸素來緊張她的學業，一定會堅持的，所以沒問。

走出了爸爸的病房，在走廊上踱着步的素芬，想着等自己考試完了，等爸爸的病情好轉之後，要好好坐下來跟爸爸談。那時候，如果考試考得好的話，她可以趁爸爸心情好的時候，跟他說自己偷東西的事。

爸爸剛進醫院後不久，那時素芬不知道爸爸的病情，媽媽那陣子的心情不好，一家人陷在愁雲慘霧之中，處在迷茫心情中的素芬，心裏也很不好過。媽媽忙於為爸爸的病奔波，好幾次忘了給素芬和弟弟零用錢，有好幾天，他們是餓着肚子回學校上課的。

爸進醫院之後，素芬每天負責接弟弟下課，弟弟每天下課的時候也嚷着肚子餓，經過家樓下士多的時候，還叫起來：

「姐姐，我許久沒吃糖了，你口袋裏有沒有錢給我買一些？」

素芬聽了弟弟的話，只把兩隻手插進校服的口袋裏。

那一刻，她感到沒糖吃的日子再沒有甜味，家裏也再沒有歡笑。

有一天下課後，素芬把弟弟帶到家樓下，叫他先上去，然後，自己折返士多，打開士多門外那放糖果的玻璃櫃，拿出了一盒聰明豆，走到店裏問士多老闆：

「這盒聰明豆賣多少錢？」

「6 塊錢一盒。」士多老闆答。

「6 塊錢一盒，對不起，我不夠錢買，那我把糖放回櫃裏去吧！」素芬説。

「好的。」士多老闆看見她這麼有禮貌，也由她自己把糖果放回去。

可是，素芬卻沒有把聰明豆放回玻璃櫃，走出了士多，就把聰明豆放進校服的口袋裏，一口氣跑回家去。

她把那盒聰明豆分了一半給弟弟，看到弟弟吃得這麼開心，她感到這一趟偷竊的冒險是值得的。之後，她還做過幾次聰明豆的小賊，士多老闆因為事務繁忙，竟也沒對她起疑。素芬不是不知道偷東西不對，只是，她總告訴自己，等爸爸從醫院回家，可以再接她下課，為她買聰明豆，她就不用再去偷東西了。

素芬沒想到，她往後還有更多偷東西的經驗。

自從爸爸進醫院之後，晚上她常聽到媽媽在電話裏和人爭論，爭論的內容大致是關於保險賠償的，媽媽有兩次説到聲淚俱下，可是也似乎沒什麼結果。

這晚媽媽掛了電話之後，似乎經過了很久的內心掙扎，才神色凝重的坐到素芬面前，對她説：

「素芬，你已經讀六年級，該懂事了，你該明白自從你爸病了不能上班之後，家裏的經濟狀況已大不如前，我為你爸追討的保險賠償又久久也沒結果。唉，如果我們不是這麼窮困，那我就不用晚晚低聲下氣的求你爸公司的老闆，不用紅着臉的跟那保險經紀爭論。素芬，下個月我再沒錢讓你去補習社補習了，雖然你快要考試了，可是，媽媽也實在沒辦法，你……要爭氣……自己好好在家裏溫習，可以嗎？」

素芬點頭，她開始感到納悶，本來，她和許多其他孩子一樣，並不喜歡去補習，可是，她捨不得在補習社認識的兩個要好的朋友——卓玲和穎欣。

卓玲和穎欣的家境都比素芬好，聽説穎欣的爸爸是做工程師的，卓玲的爸爸的職業就不知道，可是，她是補習社裏惟一由媽媽駕車來接她下課的學生，他們坐的車子也很名貴，所以補習社的孩子都認為她家該是最富有的。

素芬告訴卓玲和穎欣她下個月之後就不會再來了。穎欣聽了有點不開心，卓玲聽了卻沒什麼反應，還笑着説：

「那麼，我們這星期要多聚在一起，好好去玩了。這星期剛好媽媽去了外地公幹，補習之後，我可以自己回家，你們也是自己回家的吧？我們約定，這星期每天補習完畢，我們一起出去玩好不好？」

素芬和穎欣當然贊成，於是，由這天開始，他們一離開補習社，就乘巴士到旺角逛商場。素芬連乘巴士的錢也沒有，是卓玲為她付錢的。

逛商場的時候，素芬只有逛的份兒，在文具店看到精美的文具，她也沒錢買。

「沒錢買不要緊，我想要的總可以輕易得到！」卓玲説完，向穎欣打了個眼色，穎欣就故意向店員問這問那，卓玲趁店員不為意，把好些文具拚命向素芬的袋裏塞。

之後，卓玲並沒有表現慌張，她像什麼事也沒發生的，一個人走在前頭，施施然地步出文具店，素芬和穎欣也低着頭跟着她離開。

「卓玲，你家那麼富有，你要什麼你媽媽也會買給你，為什麼要偷東西？」從文具店出來的素芬問卓玲。

「那麼容易得到有什麼好玩，偷東西才刺激！剛才偷的那些文具我已有很多了，你和穎欣分了吧！」

往後的三天，卓玲也帶着素芬和穎欣在旺角的商場到處蹓躂，也帶領他們在不同的精品店、文具店偷東西。她的身手很敏捷，每次都是她把戰利品往素芬的校服口袋裏塞。

不知怎的，看着這些偷來的戰利品，素芬並沒有欣喜，反而，這幾天她每次看到自己的校服口袋，就感到罪咎感，彷彿那些精品店、文具店的店員，會從她的校服口袋裏爬出來遮住她似的。除此以外，對於卓玲全不愛惜偷來的東西，把偷來不太愜意的東西隨手丟掉的行為，她也不大欣賞，那些東西，畢竟原是要花錢買的嘛！

上補習社的最後一天，當素芬離開補習社之後，卓玲沒帶着她和穎欣到處蹓躂，卻提議要到素芬家裏玩。

「我家住在舊唐樓的六樓，又殘又舊，有什麼好看？而

記

士多
Chu Chup
Chu Chup

且，沒有電梯，要跑六層樓才到，你不會喜歡去的。」素芬說。

「我就是喜歡冒險，我家一個住在唐樓的親戚也沒有，我要到你家『探險』！」卓玲卻說。

素芬並不喜歡卓玲用「探險」這字眼，可是，她也讓卓玲到她家裏去。媽媽已下班回來，在廚房裏忙着、卓玲到了素芬家，轉了兩個圈就「探險」完畢，覺得這些唐樓單位並不如她想像中有趣、好玩，納悶地坐着的時候，她拿出昨天在文具店偷來的文具來玩。

素芬的媽媽跟卓玲打了個招呼，便又回到廚房裏，她端出來一個瓦煲，把煲裏的湯傾進暖水壺裏，對素芬說：

「你已經三、四天沒去探爸爸了，一會我和你一起去好嗎？」

素芬隨口應了聲嗯之後，看見貪玩的卓玲打開了暖水壺直看裏面的湯。

「這腥臊的東西是什麼？氣味怪難聞的。」卓玲問。

「這是靈芝湯。」素芬答。這陣子媽媽常常煲這靈芝湯給爸爸，聽說靈芝可以抗癌，媽常常下班後立即趕回家煲湯，她說這湯要熬上數小時才成的。

「這湯怪難聞，怎會是給人喝的？我家裏煲的人蔘湯、燕窩比這好多了。嗯，這沒用的文具跟難聞的湯正配合……」

卓玲說着，竟把文具放進暖水壺的湯裏，素芬想制止她也來不及了。

「這靈芝湯是媽媽花了好幾小時去煲的，買靈芝也要花許多錢，而且，這些文具還能用，你怎可以這樣……」

素芬再說不下去，她實在太氣憤了，只是鼓着腮瞪着卓玲。

卓玲沒想到素芬會有這麼大的反應，她見再坐下去也沒趣，沒向素芬道歉，也沒說一聲再見就走了。

素芬看着那放進了文具的靈芝湯發呆，今天，爸爸沒有靈芝湯可喝了，白費了媽媽的一番心機，而且，浪費了這些金錢……。素芬無言地用勺子把湯中的文具舀出來，一邊用紙巾拭乾淨，一邊，她雙眼裏的淚水已奪眶而出了。

沒再到補習社也沒再跟卓玲玩的素芬，在往後的兩個星期，每天下課後也靜靜地回家溫習功課，在上學期考試裏，她考到不錯的成績。

醫院那邊，爸爸的電療已完成了，他的病情受到控制，身體的狀況也好轉，在農曆年假之前出院了，可以回家一家人一起過新年。素芬派成績表那天，爸爸還陪她回學校去。

「素芬，你這次考試的成績有很大進步，爸爸該獎勵你的。」爸爸邊説邊從ㄈ袋裏掏出一百元來交給素芬。

「爸，家裏缺錢用，你自己留着吧！」素芬説。

「爸很久沒給你零用錢了，你拿去吧！我已經拿到保險公司的賠償金，你不用擔心哩！」

經過家樓下的士多時，爸爸問她：「你要去買聰明豆嗎？你該很久沒吃了吧？」

每次路過這士多，素芬也感到慚愧，她支支吾吾的回應着，沒再進去買糖。

「噢，這士多快關門了哩！它經營不了，真可惜！」

素芬聽見爸爸説的話，抬頭看那士多，看到士多門外貼上了「業主加租，結束營業，最後減價」的告示。

「現在超級市場這麼多，經營士多只是賺取蠅頭小利，業主一加租，他們便經營不下去了。」爸爸這樣說。

素芬跟隨爸爸走着，卻不斷回頭看那士多，到了家樓下，她鼓氣勇氣問爸爸：

「爸爸，你從前對我說過，只要勇敢承認錯誤、勇於改過，就一定能得到別人的原諒，這是真的嗎？」

爸爸聽到素芬的問題，雖然感到奇怪，但仍認真的回答：「當然是真的。」

「那麼，請爸爸在這裏等一會。」

素芬說完，就回頭朝那士多跑去。她向士多老闆說出之前偷聰明豆的事，向老闆道歉，請求他原諒，並且把爸爸給她的那一百元交給老闆，作為賠償。

「你只偷了四盒聰明豆，不用 100 元這麼多，你付 20 元就可以了，我找回 80 元給你。肯承認錯誤、肯改過就是好孩子，好了，拿了這 80 元回去吧！」

素芬拿着八十元跑回家，在家樓下向爸爸坦白說出偷聰明豆和文具的事，爸爸沒怪責她，只是對她說以後改過不再犯就好了。

「爸爸，我偷過東西，還算是好孩子嗎？」

「肯改過就是好孩子了，你能夠自我反省，改正錯誤，勇敢面對，這是難得的。你看，爸爸不是也勇敢地面對、戰勝自己的病嗎？現在康復過來，又是一個健康的人了。你也一樣，戰勝了錯誤，改正過來，不又是一個好孩子了嗎？」

「嗯，以後，我不只要做一個聰明的孩子，也要努力做一個好孩子。」素芬說。

「對啊，要給弟另做個好榜樣啊！」爸爸輕撫着她的頭說。

這一晚，媽媽下班回來，給素芬帶來兩盒聰明豆，媽媽說，一包是爸爸叫她買的，另一盒，是士多老闆說要送給素芬的。

素芬拿過聰明豆，分了一盒給弟弟，她感到這一盒聰明豆特別香甜好吃，因為這不是偷來的，兼且，是獎勵她勇於改過的禮物。

啡白分明的結漣軟糖

美蓮自小喜歡吃糖，從前農曆新年的時候，她竟能夠在一天裏吃完一整盒親友送來的巧克力，平時，她也必定要每天吃一盒糖果。

家人叫她少吃點糖果，説這會對牙齒不好，但她依然故我，説：「多吃糖的女孩子，樣子會甜美些，連笑容也是甜絲絲的。」

她還有這樣的人生理論：「多吃糖的人會樂觀一點、自信一點，試想想，葡萄糖能令人增添體力，巧克力可以令人開心，糖果的甜味能令人更有力量追求美好人生，糖的祝福更可令人交上好運，總之，人生充滿甜味……。」

也許真是因為糖果的影響，從小學到中學，美蓮的生活也是美滿、愜意的，她得到家人愛護，讀書的成績好，學校裏的老師也疼愛她。那時候，她的人生真是一帆風順。

她讀小五那一年，因為考到全班第一名，媽媽特意向公司請了半天假，提早回家為她煮她愛吃的菜餚，爸爸下班時還買一隻名貴腕錶給她作獎勵。

中五會考，美蓮取得了二優二良的成績，爸媽也為她請了假，全家人也在家等她，連爺爺奶奶也來為她慶祝，媽媽還打電話給姨母、舅父報喜。那時候，她的感覺有如古代的人中狀元、金榜題名等一樣。

因此，讀預科的時候，全家人都對美蓮寄予很大期望，她也相信自己可以順利考進香港大學，學校的老師也認為她很有機會。

高考放榜那天，碰巧是爺爺的生日，爸爸在附近的酒樓擺了三圍酒席為爺爺祝壽，姑母、大伯、三叔全家也會來，熱鬧極了。爸爸預告，這天一定會雙喜臨門，因為，美蓮一定會帶來順利入讀香港大學的好消息。

美蓮沒想到，她在高考只拿到一個良和其他三科僅及格的成績，極度失望，加上老師、同學不停追問，已令她不勝其煩，想起還要到爺爺的壽宴，要面對家人和親戚，更令她幾乎崩潰。

她打電話給媽媽，想告訴她自己不去酒樓了，可是，媽媽一聽到她的聲音，沒聽她説上一句話，就説個不停：「美蓮嗎？你快點來吧！我們全部人也在等你，爺爺説要等你來到才開席⋯⋯」

爺爺是最疼愛她的，如果她不去，全家人也會怪她，美蓮只好收拾心情，硬着頭皮去酒樓。

所有人都在等她，當美蓮一到，家人和親戚們都七嘴八舌地説話。

「看啊，我們的大學生姐姐來遲了哩！」姑丈説。

「當然嘍，老師、同學們紛紛向她祝賀，這也會花許多時間⋯⋯」三叔母説。

「除了爸爸以外，今夜美蓮也是主角哩！」大伯母説。

「這真像古代的人中了狀元一樣，現在的學生考大學，比古人中狀元一樣難哩！」姑母説。

「所以啊，我們該為美蓮開一瓶香檳慶祝！」大伯説。

「我們一向都説，美蓮是這些表兄弟妹中讀書成績最好的一個，你看，我的孩子都只可以考進 IVE。」三叔説。

「美蓮進大學是沒問題的了，但我們還未問她考到怎樣的成績啊！」大伯母説。

爸爸走過來問她：「美蓮，高考放榜的成績怎樣？」

美蓮只呆在那裏，在這種場面中，那句：「我只考到中等的成績。」或者：「不能入讀港大了。」又怎樣説得出口？

她實在不知道怎麼面對這場面，想着想着，眼中大顆的淚水已經沿着臉龐滾下來了，她窘得掩着臉，瘋了似的向酒樓門外跑去。

她停在酒樓門外的商場扶手電梯前，蹲在地上哭了起來。媽媽追出來，扶起她，她投進媽媽的懷中，痛哭起來。

媽媽撫着她的背，安慰她：「進不了港大，進浸大、城大也不錯呀！就算今年考不進大學，明年重考好了。你已經盡了努力，爸媽不會怪你的！」

由高考放榜那一天開始，美蓮沒再吃糖，因為，吃下去的糖再不是甜的。平生第一次美蓮知道 —— 原來人生並非只有甜味，有時候，會是苦澀的。

因為家人的體諒和接納，美蓮很快回復了樂觀與愛笑的性格，後來她進了城大讀書，和同學也相處得很好，她的生活，又再回復了生氣。

那次高考的打擊之後，她再一次吃糖，是爺爺奶奶從鄉下帶回來的結漣軟糖。

那是很多很多年以前，在香港的一些國貨公司如裕華及華潤等的超級市場裏才有售賣這種軟糖的，爺爺奶奶從前買過給姑母、爸爸他們吃，這次回鄉下，竟在小店裏看到這種糖果，於是為美蓮買了幾包回來。

這種糖是長條形的，共兩層，一層是白色的牛奶味，一層是深啡色的巧克力味，嚼下去既軟且韌，該是現在常見的鳥結糖那一類吧！爺爺說，他年輕時不愛吃這糖果，都是買回家給孩子吃，現在年紀大，牙齒差不多掉光了，反而覺得這略甜又易咀嚼的軟糖好吃。

這種糖果是用牛油紙加上紙袋包裝的，包裝紙上有一個臉紅紅愛笑的孩子。從前，奶奶因為它價錢便宜愛買它，這次回鄉，她驚喜的在小店中找到，叫爺爺買了六大包回來。

爺爺說：「很久沒有看見美蓮吃糖了，也許這種舊糖果反而會引起她的興趣哩！」

美蓮咬一口這種包裝並不漂亮的糖果，它嚼下去香香軟軟的，漸漸滲出甜味來，她愛交替地咬一口巧克力味，再咬一口牛奶味的。她一口氣連吃了三顆，從此，她又回復每天必吃糖果的習慣，她的嘴邊，再度時刻出現笑容。

美蓮的笑容是漂亮、可愛的，因此吸引了許多男同學在她的身邊團團轉，其中最吸引她的是一個同樣身邊圍繞着許多女同學的漢鈞。和漢鈞一起，吃糖時感到份外甜美，她發現，愛情給她的感受，竟比糖果甜蜜百倍。

她對愛情、對漢鈞的迷戀程度，遠較糖果厲害。從前，她一天不吃糖果會情緒低落，現在，她一天不見漢鈞會吃不下飯，半天沒見到他會牽腸掛肚，見不着他的日子，她感到比喝了最難喝的苦茶還要苦。

和漢鈞交往了半年之後，美蓮嘗受這種苦味的機會愈來愈多，享受甜味的機會卻愈來愈少，她感到和漢鈞之間亮起了警號，她也逐漸聽到他常和其他女孩膩在一起的傳聞。

從不下廚的美蓮，為了挽回漢鈞的心，親自下廚為他做甜品，有一次，還趕在漢鈞上課前，在早上七時多就站在他家樓下等他。

漢鈞看見她，歎了口氣，匆匆拿了那盒甜品之後，對她說：「今天晚上你再在這裏等我吧！是時候讓我們說清楚的了。」

這一夜，美蓮裝扮得漂漂亮亮的，八時多就在漢鈞樓下等，一直等到十時多，漢鈞才出現。

「其實，你該猜到我要對你說什麼了吧！」

「原本，以為和你漸漸疏遠，你該會明白，要分手，不一定要由我親自說出口了吧！」

「我倆是不適合的，勉強在一起也不會開心……」

聽了漢鈞一連串的話，美蓮受了極大的打擊，受傷的心在淌血，可是還是萬分捨不得這段感情。

「我會改的，我會改變自己，令你感到適合的，我會努力討你歡心……」

「沒用的，」漢鈞冷冷的說，「從來只有女孩子遷就我，可是，起初和你在一起時，我受你的小姐脾氣已受夠了，我現在再沒興趣容忍你、遷就你，你也不是我理想中的女孩，你走吧！不要再找我了，我沒興趣再見你……」

說了這幾句話，他扔下呆呆地站在街上的美蓮，逕自回家了。

那一天開始，美蓮總是怔怔的發呆，雙眼總是飽含着淚水，卻是哭不出來。那一天開始，她吃的一切東西也再沒味道，包括糖果，她的嘴邊也再沒笑容，她再提不起勁和人聊天、談笑。

許多時候，她也不知自己在做什麼，等火車的時候，她想從月台躍下去；在馬路上，她看見汽車向她駛來，也故意不避開。家人看見她的情況，十分擔心，他們不停的開解，輪流陪伴美蓮，她的心情才平復了一點，然而，對人生的一切，她已再提不起興味，也再沒有喜怒哀樂的情緒反應。

家人對她投注了全部的關心，直至有一天，爺爺出了事，才把家人的關心轉移了。

爺爺突然中風，進了醫院，全部人急忙趕去探望。醫生為爺爺搶救了大半天，他才度過危險期。到了這時，美蓮才重新感到自己是有喜怒哀樂的，她害怕失去疼愛她的爺爺，在趕到醫院的途中，她彷彿把前陣子所有未流的淚水，也一併哭出來，讓淚水像缺堤似的流淌。

等候了一天、兩天，爺爺才醒來，奶奶支撐着疲累的身軀，也堅持要守在他的身邊。在家人都來探望過之後，爺爺指定要美蓮再來見他。

看見美蓮哭紅了的雙眼，爺爺關切地說：「美蓮，爺爺沒事了，你不用擔心，倒是爺爺十分擔心你哩！」

美蓮看着爺爺，剛想說話，淚水卻又不聽話的淌下來。

「人生總有順逆，有如意有不如意，我就是害怕你在溫室中長大，經不起波折。美蓮，你看我和你奶奶，你爸媽、大伯、姑母所有人，我們活到這把年紀，都經過大大小小的挫折，人生總有苦，也有甜，別總是想到壞的那兒啊！以為人生只有甜味是不切實際的，但人生只有苦味，這想法也未免太悲觀了。」爺爺語重心長的說。

「對啊！你爺爺常說：『要甜的吃，苦的也吃。』世上如果沒有了苦澀，就顯不出甘甜了。」奶奶說。

「所以爺爺很愛吃你奶奶烹煮的苦瓜，那苦澀過後，自有淡淡的甘味。正如爺爺這次大病過後再見到你們，苦後的甜，是特別甜美的。生老病死是人之常情，與親人離別，遭遇學業、工作、感情上的挫折是免不了的，但我們在挫折、鍛煉之後會變得更堅強，下一次取得成功的機會也就更大，能夠真正享受到我們期盼已久的甜美。」爺爺說。

奶奶從爺爺病牀邊的抽屜裏拿出幾包結漣軟糖，遞給美蓮，說：「這陣子以來，美蓮也受了許多苦了，可是，別忘記了人生應有的甜味啊！」

美蓮拿過結漣軟糖，看着爺爺奶奶微笑着，當她想一口咬下去時，忽然有很大發現似的說：「對啊，就如這結漣軟糖一樣，有白色的一面，也有啡色的一面，一口咬下去，讓兩種味道混合起來才好吃，才別有味道啊！」

爺爺奶奶從美蓮的臉上，再看到她童年時候燦爛、甜美的笑容。

花街朱古力的鼓勵

童年的時候，我最喜歡吃的，是一種叫花街朱古力的糖果。

那是一種很精緻的巧克力，一個長方形的鐵盒子裏，盛滿用五顏六色的反光紙、玻璃紙包着的朱古力拖肥，不同顏色代表不同的味道，裏面還有果仁、果味糖漿、椰絲等。鐵盒子的盒面也美輪美奐，上面畫上了歐洲的街景，街上的人穿上歐洲從前的貴族服裝，男士們結了領帶、女士們拿着漂亮的傘子。這種糖果，在當時的貧家孩子——我看來，由包裝到價錢，無論如何也是一種奢侈品。

因為是奢侈品，童年的我是很難有機會品嘗這糖果的，幸運得到了，會捨不得吃；吃完了糖果，連包裝紙也捨不得丟掉，會把那金光燦爛的包裝紙夾在課本裏，拿回學校向同學炫耀，那時候，這種糖果也不是一般讀屋邨小學的孩子常吃得起的哩！

媽媽一年中只會買兩、三次這種糖果，買了之後，她不會很快的把整盒糖果吃完，而是分開好些日子，每次給自己、哥哥或我一顆糖果。這一顆糖，是對她，還對我們的表現起獎懲作用。假如我那天功課完成得快，或者測驗、考試拿了八十分以上，那天睡覺時，在我的枕頭旁邊，我會發現一顆花街朱古力，是我當天得到的獎勵。

當然，媽媽不讓我在睡前吃，我會珍而重之的把這顆糖珍藏起來，留待第二天作為午飯後的「甜品」。

花街朱古力，成了母親對我的獎勵、鼓勵，每次得到花街朱古力，我會樂上大半天，因為，除了有糖果吃外，還有母親的愛和鼓勵。

媽媽寵我，她給我的關顧，比給哥哥的更多，因為我自小身體弱，還害了哮喘病，所以媽媽對我照顧有加，幾乎是不眠不休的。我讀小學的時候，幾乎是要風得風、要雨得雨，爸爸罵我，我哭得抽抽答答的時候，媽媽害怕我呼吸急促會引發哮喘；當哥哥和我爭玩具，我朝哥哥吼叫的時候，媽媽也會害怕我太動氣，令哮喘發作，常常要哥哥讓我。

在學校裏，我是「奉旨」不用上體育課的，別的同學在操場辛苦跑步、做運動，我就只在場邊散散步，對於這麼懶、這麼不好動的我來説，這病簡直成了我的擋箭牌、護身符。在媽媽沒外出工作，在家照顧我和哥哥的時候，我就是她的掌上明珠、小公主，那段被寵的日子，真是快樂！

只是，好景不常，讀小三那年，爸爸撇下了我們，跟另一個女子住在一起。從此，媽媽要出外工作謀生，再沒有多少時間照顧我們，我便由小公主變成了野孩子。

沒有媽媽在家，再沒有人管束我，諸如不讓我吃冰淇淋、冰棒之類，我的病發作得頻密。媽媽連送我上學也沒時間，每天只在家裏的陽台看着我自己走過馬路上學。那時候，抬頭看看媽媽那雙眼睛，我知道她在責備自己疏於照顧我。

自從媽媽外出工作之後，她開始抽起煙來，而且抽得很兇，也許她並不知道，因為她抽煙，令我的哮喘惡化得更快，也許是尼古丁令味覺變壞，媽媽由那時起沒再吃糖果，她亦再沒有買花街朱古力給我了。

隨着病情惡化，我的身體也一直瘦弱下去，升上中學之後，我常常是班中最瘦弱的那一個，同學都叫我「阿㚘」。我像竹一樣的身形，也成為了同學取笑的對象。自此，我由小學時驕傲的小公主，變成中學時自卑的可憐女孩。

我不喜歡外出，不愛跟同學出去玩，因為我自卑，感到自己是一隻醜小鴨——一隻永遠沒辦法變成天鵝的醜小鴨。

每天下課後，我都躲在家裏，我相信，只要家裏還有對我好的媽媽、哥哥，生活還是可以過下去的，我可以不需要朋友，不需要別人的認同、讚美。

可是，後來連這個最後的堡壘也失陷了。

我念中三那一年，媽媽患了肺癌，做第一次化療之後，她下定決心戒煙，還積極地過健康的生活，吃健康食品，學耍太極、氣功，可是，大半年之後，她的病還是復發了，幾個月之後，就離開了我們。

媽媽離世之前，囑咐舅父照顧我和哥哥，我和哥哥的學費、生活費，都由舅父一力承擔。沒多久，哥哥進了大學，住在宿舍裏，只剩我一個人在家，定期接受舅父的周濟。

這時，學校的老師也知道了媽媽逝世的事，關注起我的情況來，教體育課的老師對我很不錯，她勉勵我好好鍛煉身體，因為，我可以健康、快樂地成長，該是媽媽的願望。

體育老師説我的腳長，適合長跑，雖然讀中四才開始練跑是遲了點，但只要持之以恆，努力鍛煉，一定可以拿到好成績的，而且，就算在比賽裏拿不到好成績，至少可以令自己的身體更健康、強壯。

媽媽死後，我更害怕患病，我不想像媽媽一樣鬱鬱而逝、含恨而終。她為我們終日忙碌工作，沒多少時間休息，加上煙抽得厲害，終於把身體搞垮了，我真不想像她。

雖然有她的遺傳基因，雖然我的哮喘因為她抽煙而變得更嚴重，但我相信情況一定可以改變的，誠如體育老師所言，我要努力令自己的身體變得健康。

我開始每天練跑步，雖然最初跑了幾步便氣喘，但我遵照老師的指示，初初只跑一會，然後慢慢把跑步的時間加長、速度加快，同時，她也鼓勵我去學游泳，説這樣會令我更強壯。

往後的一年多，我堅持每天都練跑步，每天兩小時，就算有時跑不了，我也堅持步行兩小時。因此，到了讀預科那一、兩年，我的身體狀況改善了不少，哮喘復發也少了，體育老師還打算推薦我去參加學界田徑比賽。

直至高考前的數個月，我才停止了練習跑步，沒日沒夜地專心溫習功課。也許因為壓力太大，也許因為我的心情太緊張，在高考前幾天，我的哮喘復發了，而且一發不可收拾。

那幾天，哮喘的情況令我走幾步路也不能，即使我支撐着到了試場，坐下之後也不停喘氣，因此，我辛苦預備了兩年，竟沒法去考試。

我已經沒有入大學的希望，身體也垮掉了，我整個人陷入了絕望，原來我下了多大決心、多努力、付出再多也沒用，一次復發，已可以把我完全擊敗、打垮。

呆在家裏，胡思亂想，萬念俱灰，我支撐着走到露台，打算一躍下去，了結自己的生命。那時候，我的一隻腳已踏了出去，看到街上時，我忽然想起自己讀小學時，媽媽就是在這裏看着我過馬路去上學。雖然她每個晚上很晚才下班，可是，她還是犧牲了睡眠時間，辛苦地起牀來，到陽台上看到我平安過了馬路回學校，她才再安心去睡覺。

曾經，這麼珍愛我、視我如掌上明珠的母親，她一定不希望我這樣怯懦，就此了結自己的生命。當母親患癌時，也從沒有放棄過，即使化療過程如何辛苦，她亦堅強的熬下去……她一定不會希望我這樣輕易放棄生命的，還有哥哥……我是他在世上僅餘最親的人了……。

思前想後，我把那已經踏了出去的一隻腳縮回來，我問自己：既然有勇氣自殺，為什麼沒勇氣堅持下去、撐下去？

回到客廳裏，我為自己擬定了奮鬥計劃，在一個月內，我要好好放鬆、休息，調養好身體，然後，在下一個月，我會找體育老師商量，好好再擬定我的訓練大計。之後，我會重讀中七，預備重考，還要裝備自己參加長跑賽事。

我也告訴自己要有哮喘復發的準備，可是，無論多艱苦，無論怎樣灰心、失望，我也一定會撐下去。

在那一個月裏，我只是在家裏偶而看看書、散散步，此外，就是為自己煮一些有營養的食品，為自己的身、心、靈作準備。

這段時間很清閒，我百無聊賴，在家裏左翻右翻，竟在媽媽的遺物中，發現了寶藏。

那是一個花街朱古力的鐵盒子，從前媽媽買了花街朱古力回來，總不會把這漂亮的盒子丟掉，她總是留下來裝東西，原來，這糖果盒中有她的寶藏。

打開鐵盒，裏面有許多相片，有我和哥哥小時候的相片、爸爸媽媽結婚時的相片，還有媽媽年輕時、讀書時候的相片，這一切是媽媽美好的回憶。相片以外，還有我和哥哥的成績表、拿過的獎狀，媽媽把這些一一存起來，摺疊好，珍而重之的放在這漂亮的鐵盒中。

雖然媽媽的一生這麼艱苦、命途多舛，可是，她仍有這許多寶貴的回憶及值得珍藏的東西。回看我自己，除了童年時媽媽對我的寵愛，整個中學階段，可以讓我回憶、回味的事並不多。

這個由媽媽留下的花街朱古力鐵盒子，令我決定要為自己的人生留下美好的回憶，我要努力去蒐集人生中美麗的人和事，讓他們化成美麗的回憶，讓我可以放在這漂亮的鐵盒子中。我不可以讓人生白過，我不可以讓自己在年老之後，留下給自己的只有遺憾、哀歎和不甘心！

就如我自己計劃的情形一樣，不足一個月，我已經康復了，那一年暑假開始，我每天練跑兩小時，甚至更長的時間，風雨不改，從沒一天間斷。我依照體育老師為我擬定的訓練計劃，嚴厲地要求自己，要自己努力不懈，堅持下去。

一年之後，我參加了幾次長跑賽事，得到了不少獎牌；

高考成績也不錯，考進了體育學院繼續學業。最令我高興的是，我沒有食言，盡一切力量令自己的人生變得精彩，我和哥哥、舅父一家人的感情很好，身邊也有許多好朋友，我很相信，十年後回望過去，我可以告訴自己：此生無憾。

這一切一切，也可以靠自己的努力爭取回來的，如果我當時放棄了，就不會有今天的一切——一份好的職業、一個快樂的家庭，和許許多多精彩的人生經驗，許多美麗的回憶了。

◆ ◆ ◆

Miss Lo 敍述完自己的故事後，把一盒花街朱古力珍而重之的遞給坐在身邊的敏玲。

「敏玲，千萬不要放棄自己，父母離異、成績倒退，只是一時的失意，我們要愛惜自己，忘記背後，努力向前。中國人有一句話，是『以前種種，譬如昨日死；以後種種，譬如今日生』。從前沒有精彩的人生、美麗的回憶不要緊，今天開始，就為自己開創豐盛的人生，為自己留下美好的回憶吧！吃完這盒子裏的朱古力之後，就把盒子留下來，把自己日後蒐集到的美麗回憶、美好的事物放進去吧！」

敏玲打開鐵盒子，看到裏面色彩繽紛的糖果包裝，叫了起來：「很漂亮啊！」

「人生也一樣，」Miss Lo 說，「打開人生的神奇盒子，裏面也一樣色彩繽紛，充滿傳奇，充滿着甜味。還有啊，你可以學習我媽媽一樣，那天做對了、付出了努力、有了進步，就獎給自己一顆『花街朱古力』，這不是對自己一種很好的鼓勵嗎？」

「知道了，Miss Lo，我以後會愛惜自己，不會再傷害自己的了。」敏玲笑着說。

「好的，有事再來教員室找我吧！」Miss Lo 放心地說。

敏玲走了幾步，又回過頭來，遞給 Miss Lo 一顆紫色的花街朱古力拖肥。

「謝謝你啊，敏玲，你怎麼知道我最喜歡這種紫色的拖肥？」Miss Lo 喜出望外，甜甜的笑着說。

我和姐姐分享的皮禮士糖

姐姐說：讀小學的時候，她最想媽媽為她買皮禮士糖，可是，這心願從未達成過。

姐姐最愛說媽媽偏心，她說，因為家裏兄弟姊妹多，自她出生以後，媽忙於營生，幾乎從沒抱過她。可是，當我出生之後，媽媽無論多忙，甚至是上班前的一兩分鐘，總要抱一抱我。親戚們說媽特別寵我，那是因為我使她想起爸爸。

但姐姐從沒將這種解釋聽進耳去。

自從爸爸死後，媽媽就要身兼兩職，早出晚歸，根本沒時間照顧我們，家裏就只剩下我和姐姐兩人。

「那時候，我簡直是個小菲傭，媽上班前預備好飯菜，我下課回來之後就要做飯、洗衣、看管你，那時候，我才十一歲啊，簡直是個可憐的童工！」姐姐說起往事，總是憤憤不平。

誰想過這樣的生活呢？媽不想領綜援，寧願身兼兩職，辛苦工作賺錢維持生計。她賺的錢，除了房租及生活費之外，已所餘無幾了，又怎請得起傭人來照顧我們呢？

相信姐姐不會不明白當時的景況，可是，她就是不甘心，她説，那是因為「不患寡而患不均」。到我長大了，問老師這句話的含義，才知道姐姐把這句古文引申來説：大家一起捱苦沒緊要，可是，媽媽太偏心我了。

那次姐姐因我而被媽媽打罵的陳年舊事，我已經記不起了，可是，對於姐姐來説，仍然歷歷在目。

那時候，因為我們年紀還小，媽媽嚴令我們在下課後半小時內一定要回到家裏。我們下課之後，姐姐就會牽着我的手飛奔回家。我個子小，背着大背囊走得慢，許多時候姐姐看不過眼，就會幫我背上背囊。

許多時剛跑回家，媽媽的「奪命凶鈴」就來了，如果在街上多流連幾分鐘，錯過了媽打回來的電話，那麼，晚上媽下班回來，姐姐必定逃不過一頓責罵，甚至捱一頓打。

下課回家之後，我們不可以再出去玩。姐姐説：那時她已經十一歲，同學可以參加青少年中心的活動，至少也會到樓下打羽毛球，到鄰家玩遊戲機，她認為，媽那時只是不放心我，要她留在家中看管着我，才不讓她外出。姐說，因為我，犧牲了她原本可以很精彩的少年時光，白白的做一個「廉價」……不，……是「無價勞工」，那是多麼不公平的事！

她認為，當時對她的不公平更不僅於此。有一次，饞嘴的我因為想到街上買零食，乘姐姐做功課的時候，悄悄溜到街上去。姐姐發覺我失了蹤，慌忙到街上尋找，找了好半天，才在一家超級市場門口逮着拿着冰淇淋的我。原來，鄰居一早向媽媽通風報信，說我們姐妹倆溜了到街上去玩，夜裏，姐姐的噩運便開始了……

媽媽甫下班回來，不由分說，已走到房間裏拿出籐條來，往姐姐身上打。那次姐的膽子真大，她執着媽媽的籐條，堅持要跟媽媽講理，說是因為我乘她不覺溜到街上，她才去找我，並不是她偷偷帶我上街買零食的。

然而，她的解釋並不奏效，媽的怒氣未消，她狠罵姐姐：「那也是因為你沒好好看管妹妹，才會讓她溜了出去！她才六歲，你知道讓她單獨外出有多危險嗎？萬一遇上壞人……萬一遇上意外，那怎麼辦？你當姐姐的怎可以這麼不負責任，不好好看管她？」

媽媽罵完，又是一頓打，那一次，姐姐沒哭，只是狠狠的咬住嘴唇，忍住了淚水。她說，她多想對媽媽說：她只不過是個十一歲大的孩子，為什麼要負起這麼大的責任？然而，她沒把這話說出來……。

那一次，媽媽對我們的懲罰，不止是打了姐姐一頓，還對我們實施了「經濟封鎖」，罰我們整整一個月沒有零用錢，由她準備早餐給我們……媽媽說我們沒錢就不會溜到街上買零食了。

對於姐姐來說，得不到零用錢的懲罰比捱一頓打還要糟，因為，那時她已差不多儲夠錢買皮禮士糖，只待兩、三天，她就有足夠的錢去買她夢寐以求的皮禮士糖，可是，因為我連累她，令她的希望落空了。

姐姐從小感到不被寵愛，其實，她和其他女孩子一樣，也希望讓媽媽把自己打扮成小公主，或者把當她作小公主一般寵愛。她的同班同學安兒正是這樣，母親待她如珠如寶，她要什麼都買給她。最令同學羨慕的，是她擁有一間 Barbie「公仔屋」，那間屋恍如真的一樣，有廚房、客廳、睡房，還有升降機、陽台，中間有 Barbie 和阿 Ken 的「公仔」，小主人可給他們隨意換衣服，讓他們出席不同場合，如酒會或其他戶外活動等。

有一次，安兒在考試後自由活動的那幾天，偷偷地把

「公仔屋」帶回學校，同學們看見都兩眼放光。姐只是遠遠的看着那座皇宮似的「公仔屋」暗自羨慕，卻不屑去問安兒借來玩，她知道終有一天，自己也會有一間這樣的「公仔屋」。

然而，要擁有像安兒那種 Barbie「公仔屋」，對姐姐來說，畢竟是奢望，她只好退而求其次。

坐在她旁邊的惠玲常常帶回學校炫耀的，是各種款式不同的皮禮士糖。這種糖果其實很平凡，長方形的，沒有什麼新奇的味道，只有淡淡的甜味，然而，用來盛糖果的盒子可精彩了。

説它是一個盒子，它卻不只是一個盒子，它是一個動物的塑料「公仔頭」，套在一個長筒形的糖果盒中，一按它的頭，就可以取出糖果，好玩極了。這種動物「公仔頭」色彩繽紛，款式多樣，有米奇老鼠、高飛狗、唐老鴨、白雪公主、小矮人、獅子王等等……，許多小朋友喜歡蒐集它的不同款式，然後跟其他同學比併。

姐姐知道她不可能有能力購買 Barbie「公仔屋」，卻相信自己可以購買不同款式的皮禮士糖。當時的皮禮士糖可一點也不便宜，除非我們把用來買早餐的錢也省下來，餓着肚子一星期，才夠錢買一盒皮禮士糖，如果忍不住肚餓要吃早餐，那就得花上十多天才能儲夠金錢。

姐姐下定決心，每星期要買一盒皮禮士糖，在一個月內要集齊米奇、米妮、高飛狗、唐老鴨幾個款式的時候，卻遭我連累，被母親經濟封鎖。

那一趟，媽媽的經濟封鎖持續了兩個月，姐姐也整整兩個月沒跟我説話。她本來向坐在鄰座的惠玲誇下海口，説兩個月內就要儲齊八款皮禮士糖，比惠玲的五款還要多，可是，兩個月下來，她卻是一款皮禮士糖也沒能拿出來。

誰也沒想到，姐在重新跟我説話的一個星期之後，又一次跟我鬧翻。

那天媽媽休假，適逢姐姐第二天要測驗英文，她還沒溫習好，於是，媽只帶了我去逛商場。回來的時候，我興高采烈地拿着媽媽買給我的唐老鴨皮禮士糖向姐姐炫耀，姐馬上氣得漲紅了臉，跑去問媽媽：「為什麼只有妹妹有皮禮士糖，我卻沒有？」

「那種糖果是妹妹自己挑的，你平時不是愛吃瑞士糖的嗎？我也為你買了兩包回來啊！」

「你偏心！」姐一手推開媽媽手上的瑞士糖，一個人跑到牀上，用被子蓋過頭在賭氣。

那時候，我根本不知道姐姐渴望得到皮禮士糖，可是，我卻知道——假如我肯用我的皮禮士糖和她的瑞士糖交換，她大概就不會生氣了。可是，那個新奇好玩的唐老鴨皮禮士糖，我自己也愛不釋手，又怎肯跟她交換呢？但看見她惱成那個樣子，我只好哄她說：

「唐老鴨糖果盒子不能給你，我把裏面的糖果分一半給你吧！你也不需要用瑞士糖來交換，這可以了吧！」

這句話，竟換來姐姐在被子裏狠狠大罵：「我憎死你！以後也不要跟你說話！」

當然，姐姐並沒有從此不再跟我說話，可是，那次她真的惱了我很久。沒想到，五年之後，姐姐中學畢業那一年，她和媽媽因為我而有了更大的爭執，我再次聽到她對母親狠狠的說：「你偏心！」我知道，她心裏那一刻必定更惡狠狠的想對我說：「我憎死你！」

那一年，姐十七歲，我十二歲。因為中學會考成績不理想，姐不能在原校升讀中六，她和同學四處奔波去找學校，終找到肯錄取她的學校，學費卻貴得驚人。她回來告訴媽，媽卻皺了眉頭說：「哪來這麼多錢給你交學費！我看你還是早點出來工作，儲到點錢再去讀書，或晚上去讀預科夜校吧！」

姐姐聽了，半天不説話，淚水卻在她的眼眶裏打轉，最後，她才叫出來：

「如果那是妹妹，你一定會讓她去讀、給她交學費的，你只愛妹妹，你偏心！」

聽了姐姐的話，媽媽也氣起來，沒再跟姐説話。直到姐要交學費那天，媽媽沒提這事，姐卻仍硬着頭皮跟着同學去辦註冊手續。

姐出去了，我看見媽媽一點「表示」也沒有，於是我為媽媽拿來了外出的衣服、鞋襪，對她説：

「媽，去吧！如果你不去給姐姐交學費，她會惱你一輩子的。」

「可是，你的呢？給她交了學費，你的學費又從何而來？」媽媽問。

「媽，我讀中學了，以我們的家境，可以申請全免學費的，你不用太擔心吧！」

媽媽聽了，長長的歎了口氣，說：「我怎會不想讓你姐姐讀預科呢？可是，那麼貴的學費，我們實在負擔不起！以你姐姐的脾氣，倘若不讓她讀，她是必定會惱我一輩子的，唉，也只好這樣了。」

媽拿了錢，和我一起乘車到姐報讀的預科學校，我還在學校附近的士多，用自己儲起來的錢，為姐姐買了一盒白雪公主的皮禮士糖，拿去送給她。

姐如願讀上了預科，可是，她沒忘記媽媽曾經不想她繼續求學。預科那兩年，她一下課就去做兼職，務求自己賺夠學費，也因為這樣，她的預科成績並不理想，無緣入讀大學。

我知道，不能夠讀大學，在姐姐的人生中，是一個很大的遺憾。

也許直至媽媽離世那天，她也不知道姐姐從沒原諒她的偏心，可是我卻知道。

在我讀中五那一年，媽媽因為積勞成疾，患上癌症離開了我們。姐雖然收入不多，卻負擔起我的生活費，幸好我能夠在原校升讀中六，兼且由預科直至上大學，我也努力找幾份補習，同時爭取多拿幾份獎學金。

我們姐妹倆相依為命，我以為遇上一切困難，也有我們兩個一起面對、一起擔當，誰知道，事實並不如此。

讀大學第二年的時候，我遇上了人生第一個大挫折 —— 我失戀了，初戀的男朋友「一腳踏兩船」，被我發現之後，他選擇了另一個女孩子而撇下了我。分手那一夜，我深夜三時多回到家中，以為可以擁抱着姐姐哭訴，誰知道，姐姐在聽了我説的前因後果之後，竟冷冷的説：

「我一早猜到結果會這樣，因為你根本不配得到他真心愛你。從小至大，只因為媽媽這麼寵你，你以為自己得天獨厚，以為所有人都該對你好，這一趟，讓你嘗嘗被人撇下、沒人疼的滋味是活該！」

我從來不知道姐姐心中積聚了這麼大的怨氣。那一夜才是初秋，雖然我蓋上棉被，可是身體仍不住發抖。從這一刻開始，我再感受不到家庭溫暖了。

母親偏心，原來一直是姐心上的一根刺。

後來，我閱讀到一些關於心理輔導的書，才明白到家庭是一個孩子最容易受到傷害的地方，父母對待孩子的一言一行，也可能對孩子構成傷害。可惜，母親沒來得及看到這一本書，她為了養育我們由早到夜辛勤工作，又哪有時間看書？姐姐一直認為自己成長於一個缺乏愛的環境裏，一直認為她今天所得到的一切，大都是靠她自己的努力換來的。不是嗎？她讀預科時交的學費，大半是她自己付的，連她小時候想用來向同學炫耀的皮禮士糖，也要靠自己儲蓄的一分一毫去買。長大之後，我沒有問姐姐還有沒有買皮禮士糖，多年以來，我們中間一直存在着一堵厚厚的牆。

在我大學畢業一年之後，姐結婚了，她的丈夫是一位虔誠的基督徒。姐在認識了姐夫之後，就一直跟他上教會，不久之後，她也成為了一位基督徒。

姐姐成了基督徒之後的改變，是有目共睹的，她不再斤斤計較於得失，不再數算別人對她的虧欠，連說的話也不再老是帶着酸味，那是因為心中有愛，那酸味漸漸被甜味取代了。

愛可以填補一切缺陷、遺憾，包括過去的、現在的與將來的。姐姐說，現在她長大了，身為人母的她，漸漸明白到我們每一個人都是不完美的，她學會體諒別人，她不再埋怨母親偏心，也不再怨恨我奪去了母親給她的愛。

如今，姐竭力對我的兩位外甥女給予平等的愛。看到這兩個小女孩，我就像看到小時候的我和姐姐一樣。

我認為，是時候對他們進行「皮禮士糖」的教育了。

有一天，我給兩個小女孩各一盒皮禮士糖，一個是唐老鴨，另一個是白雪公主。他們沒見過這麼有趣的糖果盒，一拿在手裏，再不肯放下。可是，小孩子們卻貪心又愛鬧，拿着唐老鴨的要搶對方的白雪公主，拿着白雪公主的又要搶對方手上的唐老鴨。

早知道他們會如此，我從口袋裏再拿出另外兩個糖果盒，也是唐老鴨和白雪公主的，這樣，每人都擁有不同款式，就不用爭了。

姐姐在旁邊看見了，笑着對我點頭，我也笑着對她說：「不患寡而患不均嘛！」

我再把一盒唐老鴨皮禮士糖遞給姐姐，姐收到禮物後，既喜出望外又有點不好意思。

「對不起，沒給你買什麼……」

我笑着說：「給我幾顆糖就可以了，我們長大了，不再爭玩具，值得珍惜的，就是一起分享生活中的甜味與苦味了。」

第三部分寫作建議

寫作題目一：「描述一次你在醫院探望親友時的所見所聞」——參考〈偷來的聰明豆〉

你到過醫院嗎？醫院給你怎樣的印象？如果你對醫院的印象不深，可參考〈偷來的聰明豆〉中寫故事主角去醫院探病的一段，然後開始寫作此文。

素芬向來怕到醫院去，特別是這間離家最近的廣華醫院。

醫院，總給她不祥的感覺，因為，爺爺就是進了這醫院之後，就沒再出來。

這次，她卻是逼於無奈又來到醫院。甫踏進電梯，那陣消毒藥水的氣味已叫她差點窒息，沒錯，現在醫院裏的各種設施，已比數年前爺爺住進來時更完備，醫院裏各工作人員的態度也改善了不少，然而，醫院給她的恐怖感覺，卻沒有絲毫改變。

仍然是五樓東翼的男病房，這是何其巧合？爺爺當時住的，也是五樓東翼，而且，也是因為患了鼻咽癌要住醫院的，難道癌症是會遺傳的？叔叔說：不算是遺傳，而是患癌症的機會是受遺傳基因的影響，我們身體的某部分器官容易受癌細胞的襲擊吧！

因為媽媽要上班，弟弟年紀太小不方便來，所以，每天下課之後，都是素芬一個人來探爸爸。她每次都是兩手空空的來，當然，只有十一歲的她不懂煲湯，也沒錢買水果，爸爸説，她每次來告訴他一點關於家裏、學校裏的事情，和他聊聊天已足夠了。

這天來到醫院，爸爸有氣無力的對她説：

「該還有大半個月就考試了，下課後多在家裏溫習吧，別來了，等考完試再説吧！」

聽見爸爸這話時，素芬的雙眼已紅了一圈，從前，爸爸遲了下班她也會撒嬌，現在，不能每天等爸爸回家，甚至連來醫院見他也不可以嗎？

寫作題目二：「記一次在某個喜慶場合的所見所感」——參考〈啡白分明的結漣軟糖〉

喜慶場合可以是婚宴、壽宴、嬰孩的滿月宴等，在〈啡白分明的結漣軟糖〉中的以下一段，也是寫一個喜慶場合的，那是主角的爺爺的壽宴，可參考其中對壽宴氣氛的營造技巧，運用於這篇文章的寫作上。

> 高考放榜那天，碰巧是爺爺的生日，爸爸在附近的酒樓擺了三圍酒席為爺爺祝壽，姑母、大伯、三叔全家也會來，熱鬧極了，爸爸預告，這天一定會雙喜臨門，因為，美蓮一定會帶來順利入讀香港大學的好消息。

美蓮沒想到，她在高考只拿到一個良和其他三科僅及格的成績，極度失望，加上老師、同學不停追問，已令她不勝其煩，想起還要到爺爺的壽宴，要面對家人和親戚，更令她幾乎崩潰。

她打電話給媽媽，想告訴她自己不去酒樓了，可是，媽媽一聽到她的聲音，沒聽她説一句話，就説個不停：「美蓮嗎？你快點來吧！我們全部人也在等你，爺爺説要等你來到才開席……」

爺爺是最疼愛她的，如果她不去，全家人也會怪她，美蓮只好收拾心情，硬着頭皮去酒樓。

所有人都在等她，當美蓮一到，家人和親戚們都七嘴八舌地説話。

「看啊，我們的大學生姐姐來遲哩！」姑丈説。

「當然嘍，老師、同學們紛紛向她祝賀，這也會花許多時間……」三叔母説。

「除了爸爸以外，今夜美蓮也是主角哩！」大伯母説。

「這真像古代的人中了狀元一樣，現在的學生考大學，比古人中狀元一樣難哩！」姑母説。

「所以啊，我們該為美蓮開一瓶香檳慶祝！」大伯説。

「我們一向都説，美蓮是這些表兄弟妹中讀書成績最好的一個，你看，我的孩子都只可以考進 IVE。」三叔説。

「美蓮進大學是沒問題的了，但我們還未問她考到怎樣的成績啊！」大伯母說。

爸爸走過來問她：「美蓮，高考放榜的成績怎樣？」

美蓮只呆在那裏，在這種場面中，那句：「我只考到中等的成績。」或者：「不能入讀港大了。」又怎樣說得出口？

她實在不知道怎麼面對這場面，想着想着，眼中大顆的淚水已經沿着臉龐滾下來了，她窘得掩着臉，瘋了似的向酒樓門外跑去。

寫作題目三：「假設剛從多年的舊居遷到另一居所，寫出搬家後的感受。」——參考〈十年如一日的大白兔奶糖〉

在〈十年如一日的大白兔奶糖〉這故事的開頭，主角對陪伴她成長的社區的感受是下面這樣的，你對自己居住的社區的感受又是怎樣的？試寫出你對舊居的懷緬或對新居所的感受，可先描述一下環境、鄰居甚至社區設施，然後抒發或懷緬或欣喜，或者由不習慣到漸漸適應的感受。

> 小晴只會在月中之後那一個多星期才到爸媽開的小茶餐廳打轉，媽媽總在月初給她零用錢，一到月中，錢已用得差不多了，她才不情不願地回茶餐廳吃飯去。

這間位於石硤尾和深水埗交界的小茶餐廳，連名字也帶點土——雙喜茶餐廳，唉，土得令小晴不敢告訴同學。

茶餐廳開在深水埗、石硤尾區有什麼賺頭？小晴聽説過，深水埗區是全香港經濟環境最差劣的區域之一，也是最多綜援阿伯、最多籠屋的區域，不是嗎？她家的茶餐廳七、八成的顧客都是阿伯，一進去，就嗅到老人味、藥油味、廉價香煙的煙味，還夾雜着咳嗽、老人在扮有見地的爭論政事、國家大事的嘈吵聲。

在這個區裏，比較像樣的商場也只有西九龍中心，賣的也不是什麼潮流物品，較著名的街道如鴨寮街等，都是賣些廉價物品，所以小晴從來不屑在這個區逛，她只會逛旺角。唉，在這區開店有什麼出息呢？如果開在黃金、高登商場還好，起碼那邊人流旺，有區外人來購物，一個午餐、茶餐也可以賣貴一點，可是，爸媽偏要選在石硤尾街市附近的南昌街開業，光顧的都是阿伯，走進茶餐廳，彷彿時光倒流七十年，每次回來，小晴都感到十分自卑。

寫作題目四：「聽友人傾訴心事有感」——參考〈花街朱古力的鼓勵〉

在〈花街朱古力的鼓勵〉的故事的結尾，寫到主角在聽老師傾訴心事後，有如下的對話，看後你會得到靈感去寫作這篇以「聽友人傾訴心事有感」為題的文章嗎？

Miss Lo 敍述完自己的故事後，把一盒花街朱古力珍而重之的遞給坐在身邊的敏玲。

「敏玲，千萬不要放棄自己，父母離異、成績倒退，只是一時的失意，我們要愛惜自己，忘記背後，努力向前。中國人有一句話，是『以前種種，譬如昨日死；以後種種，譬如今日生』。從前沒有精彩的人生、美麗的回憶不要緊，今天開始，就為自己開創豐盛的人生，為自己留下美好的回憶吧！吃完這盒子裏的朱古力之後，就把盒子留下來，把自己日後蒐集到的美麗回憶、美好的事物放進去吧！」

敏玲打開鐵盒子，看到裏面色彩繽紛的糖果包裝，叫了起來：「很漂亮啊！」

「人生也一樣，」Miss Lo 說，「打開人生的神奇盒子，裏面也一樣色彩繽紛，充滿傳奇，充滿着甜味的。還有啊，你可以學習我媽媽一樣，那天做對了、付出了努力、有了進步，就獎給自己一顆『花街朱古力』，這不是對自己一種很好的鼓勵嗎？」

「知道了，Miss Lo，我以後會愛惜自己，不會再傷害自己的了。」敏玲笑着說。

「好的，有事再來教員室找我吧！」Miss Lo 放心地說。

敏玲走了幾步，又回過頭來，遞給 Miss Lo 一顆紫色的花街朱古力拖肥。

「謝謝你啊，敏玲，你怎麼知道我最喜歡這種紫色的拖肥？」Miss Lo 喜出望外，甜甜的笑着說。